KB071634

인생이
설레기
시작했다

인생이 설레기 시작했다

초판 1쇄 발행 2020년 10월 1일

지 은 이 송재영
발 행 인 권선복
편 집 오동희
디 자 인 김소영
전 자 책 서보미
마 케 팅 권보송
발 행 처 도서출판 행복에너지
출판등록 제315-2011-000035호
주 소 (157-010) 서울특별시 강서구 화곡로 232
전 화 0505-613-6133
팩 스 0303-0799-1560
홈페이지 www.happybook.or.kr
이 메 일 ksbdata@daum.net

값 15,000원

ISBN 979-11-5602-839-0 (03810)

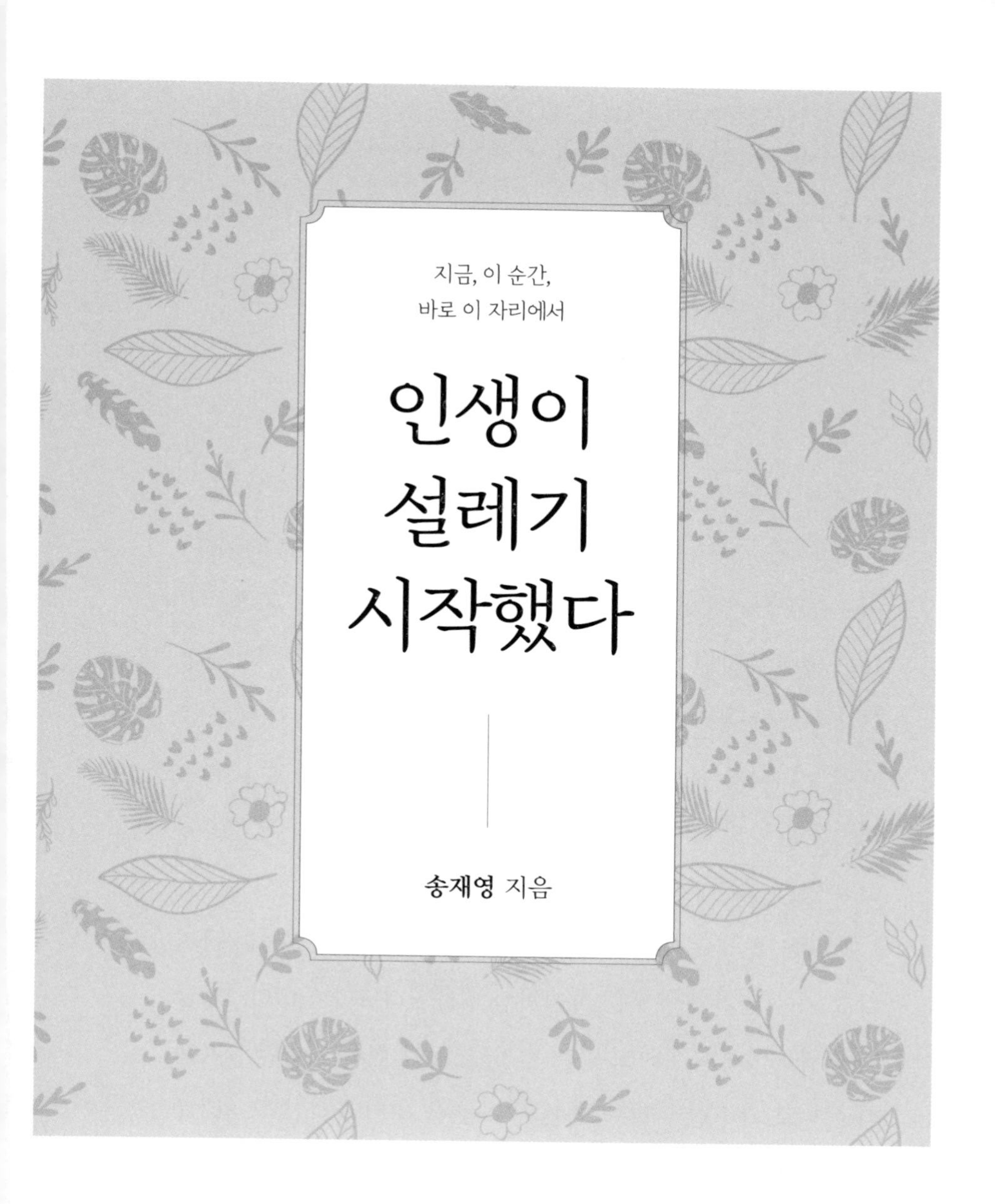

지금, 이 순간,
바로 이 자리에서

인생이 설레기 시작했다

송재영 지음

도서출판 행복에너지

prologue

첫 글을 쓰며

컴퓨터를 켜고 부팅이 되기를 기다리는 시간이 여느 때보다 지루하게 느껴진다. 모니터가 하얀 종이를 쓱 내민다. 오랜 세월 동안 매일 대하던 백지 모니터지만 오늘 주어진 종이 한 장의 공간은 나를 긴장하게 만드는 새로운 모습으로 다가왔다. 예전 같으면 모니터가 하얀 모습을 드러내자마자 자판 위에 얹힌 손은 익숙한 놀림으로 이리저리 뛰놀며 검정색 글자를 무수히 쏟아내고 있었을 것이다.

시간이 흘러도 자판 위에 놓인 두 손은 좀처럼 움직이려 하지 않고 처음 글자를 배우는 아이처럼 머뭇거리고만 있었다. 왜 글자를 만들어내지 못하고 있는 걸까? 그동안 쉽게 쓰이던 글자는 다 어디로 가버린 것일까? 자판 위의 손을 내리고 하얀 모니터를 망연히 바라만 보고 있었다.

화면이 물방울로 변해버린 지도 한참이 지났다. 직업상 20년 동안 모니터를 앞에 두고 다른 사람의 말을 듣고 글로 작성하는 일을 했다. 긴 세월 동안 자판을 두드리며 글자를 만들고 조합을 하여 글을 쓰기는 하였지만, 정작 나의 글이 아닌 다른 사람의 말과 생각을 글로 옮기기만 했던 것이다.

나의 이야기를 글로 써본 것이 언제였나. 초등학교 시절 방학 숙제로 일기를 써보고, 아내와 연애할 때 가끔 편지를 써본 것이 전부였다. 나의 생각, 나의 이야기, 나의 느낌을 글로 써보지 않아 이리도 손이 움직이지 못하고 있었던 것이다. 그러고 보니 오늘이 나의 글을 써보는 첫날인 셈이다. 다시 손을 올리고 나의 내면을 바라보며 자판을 두드리다 보니 한 자 한 자 글자가 글이 되어 갔다. 이제는 나의 진심을 들어줄 누군가를 위한 글을 써보고 싶어졌다.

글을 쓰고 싶다는 생각은 몇 년 전부터 마음 한편에 있었으나 나와 마주하는 것이 그리 쉽지 않았다. 글쓰기가 미루고 미뤄둔 숙제처럼 언젠간 해야 하는 의무가 되어갈 무렵 직장 후배가 나를 찾아왔다. 수줍은 표정으로 머뭇거리다가 선배라면 좋은 마음으로 읽어봐 줄 것 같아서 가지고 왔다면서 소설 계간지를 내밀었다. 업무에 치이기도 하고 아마추어 작가에 대한 기대도 적다 보니 책상 한쪽에 꽂힌 채 좀처럼 펴지지 않고 먼지와 함께 미안함만 쌓여갔다. 고마움에 한 줄의 서평이라도 써 보내야 한다는 생각에 대충이라도 읽어볼 속셈으로 계간지를 펼쳐 읽으면서 나의 섣부른 선입감이 얼마나 어리석었는지 금방 깨닫게 되었다. 소설의 구성도 신선하고 반전이나 기승전결, 메시지 등이 어느 유명한 소설가에 견주어 전혀 손색이 없었다. 글을 쓰고 싶다는 욕구가 새롭게 넘치기 시작하면서 지금 쓰지 않으면 앞으로 쓸 수 없을지도 모른다는 불안감마저 밀려왔다.

평소 자주 이용하는 평생교육원 강좌에서 문예반을 발견하고 콩닥거리는 마음을 안고 수강신청을 하였다. 첫 수업자료를 메일로 받고 다른 사람들의 글을 읽어보며 언제나 이 경지에 오를 수 있을까 하는 부러움과 걱정에 주눅이 들었다. 글은 일단 써야 한다는 교수님의 말씀에 용기를 내어 무조건 쓰고 있지만 아직 이리저리 흔들리며 좌충우돌 중이다.

글을 쓴 지 1년 5개월이 되어간다. 떠오르지 않는 글감을 찾아 이리저리 헤매기도 하고 고갈된 감성을 채우기 위해 휴지기를 가지면서도 매주 쓰겠다는 나와의 약속만은 지키려고 애쓰고 있다. 호기롭게 작가 신청을 하여 브런치 작가가 되고 브런치 북도 출간해 프로젝트에 도전도 해보았다. 청탁을 받아 부족한 글이 활자로 인쇄가 되기도 하였다. 글을 쓰며 힘들었던 과거가 아름다운 추억이 되어가고, 현재의 나를 마주하며 피하기보다 변화하려고 노력하게 되었다. 글쓰기를 통해 50의 인생도 설렐 수 있다는 사실을 배워가고 있다.

마음을 열고 나의 이야기를 하다 보니 채워지지 않을 것 같던 하얀 모니터가 검정색 글자로 가득해졌다. 읽으면 읽을수록 부끄럽고 부족하여 고치기를 반복한다. 만족한 퇴고를 하기에는 아직 부족하지만 나만의 글을 썼다는 뿌듯함으로 첫 글의 끝내기 버튼을 누른다.

Contents

prologue 첫 글을 쓰며 4

part 1

두근두근

- 나의 집짓기 12
- 기적을 일으키는 숫자, 100 17
- 인생의 터닝포인트 22
- 18학기 학위기 28
- 글 짓는 가을 33
- 다시 그 길 위에 서고 싶다 37
- 해봤어? 42
- 또 하나의 산을 넘고 47
- 볼 빨간 사나이 52
- 지금 몇 시예요? 56
- 눈을 뜨다 61

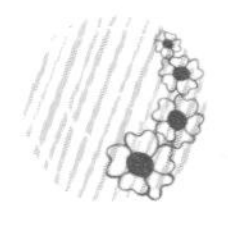

part 2

알콩달콩

- 밥상에 대한 고민 68
- 그림 같은 집 73
- 잔디에 대한 단상 77
- 첫사랑, 그녀 82
- 커피 내리는 아침 86
- 가족 91
- 아내가 있는 집 96
- 시내버스 사랑 101
- 겨울나기 106
- 그녀의 목소리 111

part 3

새록새록

- 화생방훈련 *118*
- 첫사랑 맞죠? *123*
- 막대사탕의 추억 *128*
- 내가 할게 *133*
- 울고 갔다 울고 오는 *138*
- 쉼 *143*
- 추억의 수학여행 *149*
- 마술사를 찾아서 *154*
- 휴지기 *159*

part 4

오손도손

- 아버지의 기도 *166*
- 고부사랑 *171*
- 접이식 밥상 *177*
- 아버지 수업 *183*
- 어머니의 마음 *188*
- 금강 하구에서 *194*
- 꽃밭에서 *198*
- 거인 엄마 *202*
- 전화벨 사랑 *207*
- 내가 뛰놀던 중학교 *212*

에필로그 *217*

출간후기 *220*

part 1

이사하던 날, 어릴 적 읽었던 동화책을 떠올리며 다 큰 아이들을 반강제로 데리고 이층집 창문을 통해 지붕에 자리를 잡았다. 멀리 모악산 정상의 불빛이 깜빡이고, 밤하늘의 초롱초롱한 별들이 우리에게 쏟아졌다. 그때 함께 나누었던 꿈들이 아이들의 옛날이야기에 오랫동안 남아있으면 좋겠다.

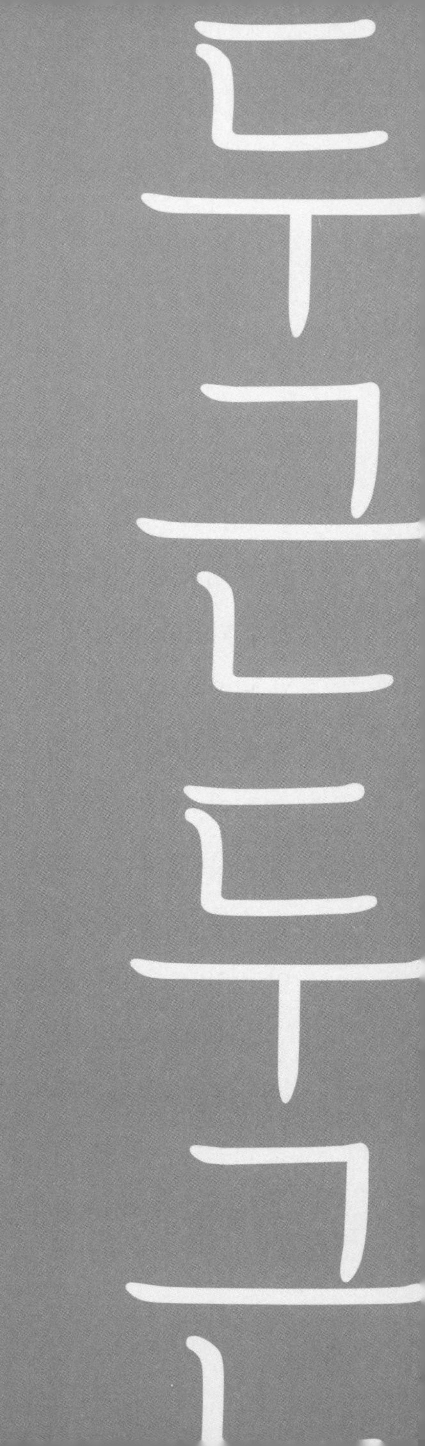

나의 집짓기

* 네이버에서 QR코드를 검색해 보세요

사람들은 집을 지으면 10년은 늙는다고 한다. 나도 집을 지었다. 직접 집을 지으며 건축가나 설계사가 아니면 모를 많은 것을 알게 되었다. 사람이 거주하는 방의 길이와 높이는 몇 미터 정도가 되어야 하는지, 2층으로 가는 계단들의 높이는 몇 센티 정도가 오르내리기에 가장 적당한지, 용도별 문의 크기와 여닫는 방향은 어떠한지를 이제 안다. 한 채의 집이 완성되기 위해 얼마나 많은 사람들의 수고로움이 더해지고 얼마나 많은 것들이 필요한지도 안다. 내가 지은 집에 산다는 것은 그 집에 대해 모든 것을 알고 있다는 의미이다.

집에 대한 이야기를 조심스레 꺼냈을 때 아내는 선뜻 동의해 주었다. 다른 사람들은 아내가 싫어해서 주택으로 가지 못한다고 하는데 마당에서 텃밭 꽃밭 가꾸며 사는 게 좋다고 했다. 결혼 후 '남자는 태어나 성(城) 하나쯤은 있어봐야지.'라며 호기롭게 나의 버킷리스트에 집짓기를 올려놓았었다. 이런 마음을 알기에 나에게 맞춰주려 했던 것 같기도 하지만 어쨌든 지금 무척 만족하고 있으니 다행이다.

집을 짓기로 하면서 살고 있던 아파트를 처분하고 전세로 이사했다. 대지를 구할 돈을 마련해야 했다. 집터를 구하는 데 몇 가지 원칙도 정했다. 외곽으로 나가더라도 교통이 편리해야 하므로 버스가 닿는 종점을 벗어나지 않아야 하고, 주택의 난방과 정화조 관리에 대한 어려움을 익히 듣던 터라 도시가스와 정화조관이 연결되는 곳이어야 하며, 주민들과 더불어 살기 위해 동네 안에 위치한 터를 찾기로 했다.

주말이면 전주시 인근에 있는 살기 좋다는 집터를 찾아 무던히도 발품을 많이 팔았다. 예쁜 주택을 만나면 사진도 찍고 메모도 하면서 앞으로 지을 집에 대한 스케치도 함께 해나갔다. 전원생활에 대한 이런저런 조언을 듣기 위해 주택을 짓고 사는 사람들을 만나 좋은 대화도 많이 나눴다. 집을 짓기 위한 준비를 하던 1년여의 시간들은 정말 즐겁고 행복했다. 결과보다 그 결과에 이르기까지의 과정이 더 행복하다는 사실을 또 한 번 느끼는 시간이었다.

대지를 구입하고 우리가 짓고 싶은 집의 설계를 시작했다. 욕심만 앞서 그간 보았던 집들의 좋은 부분을 모두 담으려다 보니 지었다 부쉈다만 반복할 뿐이었다. 결국 전문가의 도움을 받고서야 우리가 오랫동안 생각했던 집의 설계도가 완성되었다.

과정이 순조롭지만은 않았다. 조용한 마을에 외지인이 들어오는 것을 마땅치 않게 여기신 동네 분이 차량으로 길을 막아 공사가 중단되기도 하고, 동네 부지를 이용하지 못하도록 철조망을 쳐서 곤궁에 빠지기도 했다. 가족 간에도 맘이 맞지 않아 다툰다는데 오랜 세월을 동네 분들만 지내다가 이방인이 들어오는 것에 대한 거부감이 있는 것은 어찌 보면 너무나 당연했다. 가족으로 인정받기 위해 내가 먼저 다가가야 한다는 마음으로 노력했다. 인상이 좋다고 말해주는 사람들의 호감과 인사성 밝은 천성도 도움이 되었다.

집을 완성하고 울타리를 두르고 잔디를 심고, 텃밭과 꽃밭도 만들었다. 텃밭과 꽃밭은 그렇다 하더라도 잔디는 내심 고민을 조금 했다. 전원생활을 힘들게 하는 것 중 잔디도 단연 선순위로 알려져 있었기 때문이다. 뽑을 때 뽑더라도 초록 가득한 전원주택의 환상을 포기할 수 없어 마당에 잔디를 촘촘히 심었다. 충전용 예초기도 구입하고 일 년에 네 번 정도 잔디를 깎는다. 잔디를 깎고 나면 이발하고 나서의 깔끔함과 단정함에 버금가는 희열을 느끼게 되어 오히려 나에게 기쁨이 되고 있다.

집의 소재는 목재로 하였다. 딱히 목재에 대한 정보나 지식이 많았던 것도 아닌데 단지 목재가 건강에 좋다는 말에 이끌렸던 것 같다. 집의 틀을 잡기 위해 세워진 목재들을 보면서 인간의 골격 같다는 생각이 들었다. 바람이 잘 통하는 목재로 이어진 벽면은 숨 쉬는 피부를 두른 느낌이었다. 이렇게 목재로 지어진 집은 여름에 시원하고 겨울엔 온화했다.

이사하던 날, 어릴 적 읽었던 동화책을 떠올리며 다 큰 아이들을 반강제로 데리고 이층집 창문을 통해 지붕에 자리를 잡았다. 멀리 모악산 정상의 불빛이 깜빡이고, 밤하늘의 초롱초롱한 별들이 우리에게 쏟아졌다. 그때 함께 나누었던 꿈들이 아이들의 옛날이야기에 오랫동안 남아있으면 좋겠다.

집 안에 누워 가만히 눈을 감아본다. 살랑이는 바람결은 나를 스쳐 지나가고, 내리는 빗방울의 감촉은 나의 손등에 부딪혀 부서지며, 소록소록 내리는 하얀 눈은 텅 빈 가슴을 따뜻하게 덮어 준다. 밖의 풍경이 온전히 나의 몸에 전해진다. 나와 집이 하나가 된다.

기적을 일으키는 숫자, 100

100점을 받아본 게 언제였나 생각해 본다. 초등학교 시절 이후엔 예체능 과목 외에 100점을 받은 기억이 없는 것 같다. 우리는 누구나 100점을 꿈꾸지만 능력의 한계로 쉽게 얻지도 못할뿐더러 누구에게나 허락된다면 그만한 가치도 없을 것이다. 100점이 가지는 가치가 빛나는 이유는 모두 맞추어서 대단하다는 의미보다 100점을 받기 위해 쏟았을 정성과 노력을 인정해 주는 것에 있다고 생각한다.

100점을 받으면 더 이상 아무런 말이 필요 없다. 좀 더 잘해야 한다느니, 다음에는 잘하자느니, 조금만 노력하면 되겠다느니 하는 사족의 말들이 전혀 필요 없다. 100이란 그만큼 경이롭기도 하고 완성된 느낌을 주기도 하며, 뭔가 달성했다는 의미를 담고 있기도 하다.

학창시절에 공부를 잘하지 못한 나는 100이란 숫자와 별로 인연이 없었다. 졸업하고 사회에 진출하면서 가끔 시험을 봐야 할 때가 있었지만 꼭 100점이 필요한 시험은 아니었다. 더욱이 나이가 들어가면서 시험을 봐야 할 경우도 없어지다 보니 100점을 받아야 하는 부담도 없어지게 되었다. 더 이상 100점은 나에게 큰 의미를 가지지 못했다.

그럼에도 인생에서 100이란 숫자는 여전히 내 곁에 남아있었다. 주변을 둘러보면 많은 사람들이 간절한 소망을 담아 100일 치성, 100일 기도, 100일 불공과 같이 100일간 정성을 다하는 것을 종종 볼 수 있다. 뭐든 100일 동안 꾸준히 한다는 것은 결코 쉬운 일이 아니다. 100점을 받는 것만큼 어렵고 힘들다. 그렇기에 100일간 소망하면 이루어진다는 믿음도 생겼을 것이다.

나도 100일 정성을 들인 적이 세 번 있다. 처음 100일 미사는 큰애를 위해, 두 번째 100일 필사는 둘째를 위해, 마지막 100일 프로젝트는 나를 위한 시간이었다.

큰애가 고등학생이었을 때 많이 힘들어했다. 아버지로서 아무것도 해주지 못하는 자책감과 무력감에 많이 괴로웠다. 그때 내가 다니던 성당에서 100일 새벽 미사를 시작한다는 공고를 보았다. 많이 고민했다. 직장 생활을 하면서 하루도 빠지지 않고 100일 동안 새벽 미사에 참석한다는 것이 결코 쉽지 않다는 것을 잘 알고 있었다. 그래도 그땐 뭐라도 해야 한다는 절박함에 일단 시작했다. 겨울에 시작하여 봄이 되어 끝났다. 의외로 많은 분들이 새벽을 열고 성당에 모여 기도하는 모습을 보면서 많은 것을 보고 느꼈다.

간혹 늦은 회식에 천 근 같은 몸을 간신히 들쳐 메고 참여한 미사에서는 신부님이나 수녀님에게 전날 음주의 후유증을 보여야 하는 민망함도 있었다. 한 달 정도는 일어나는 것조차 무척 힘들었다. 시간이 지나면서 다른 세상과도 같은 경건하고 엄숙한 성당에서 홀로 무릎 꿇고 기도할 수 있는 행복을 누리게 되었다. 하루도 빠지지 않고 100일을 온전히 다니지는 못했지만 100일간의 미사에 끝까지 참여했다. 그 시간은 온전히 큰애만을 생각하고 큰애를 위해 기도할 수 있었던 소중한 순간이었다.

둘째가 고3이었을 때 100일 필사에 참여했다. 필사문은 자녀를 위한 100일 기도문으로 선택했다. 매일 기도문을 적고 그 밑에 나의 기도문을 적었다. 바쁜 일상에 깜빡 잊고 잠자리에 들었다가도 다시 일어나 쓰기도 하고, 주말이면 여행지에서 쪽지에 나의 기도문만을 적기도 했다. 간절한 마음을 담아 필사를 하면서 자녀를 사랑하는 방법에 대해서도 생각하게 되었고, 진정 무엇이 자녀를 위한 것인지도 고민하게 되었다. 필사를 통해 막연하게 머리에만 있던 자녀에 대한 사랑이 구체화되어 정리되는 시간이 되기도 하였다. 언젠가 100일 필사본을 둘째에게 전해줄 기회가 있을지 모르겠다.

올해 들어 100일 프로젝트에 참여했다. 자신이 목표를 정하여 100일 동안 매일 이행하는 것이다. 이번엔 꼭 해볼 생각으로 중도에 몇 차례 포기했던 것을 목표로 정했다. 진짜 마지막이란 마음으로 100일간 노력해 보기로 한 것이다. 100일 동안 꾸준히 하면 습관이 될 수 있는 기틀은 마련할 수 있을 것이라는 바람을 가지고 시작했다. 매일 내가 하기로 한 과제를 하였는지 단톡방에 올려 프로젝트에 참여한 사람들과 공유하게 된다. 그래서 어느 정도 반강제의 동력이 생긴다.

초등학교 시절 매일 숙제를 마쳐야 하루가 지나가듯이 단톡방에 동그라미를 올리기 위해 하루도 빠짐없이 열심히 했다. 100일 프로젝트 종료 오프 모임에 참석해서 각자 소감을 나누는 시간도 가졌다. 모두 다 이 기간을 통해 정말 놀라운 변화를 느꼈다고 했다. 100일이 지나 더 이상 단톡방에 결과를 공유하지는 않지만 아직도 내 마음의 톡 방에는 매일 동그라미를 올리고 있다. 습관의 근육을 단단히 키웠으니 잘하리라 응원해 본다.

세 번의 100일 여정은 혼자가 아닌 함께였기에 가능했다고 생각한다. 매일 성당에서 함께 새벽 미사를 봉헌했던 사람들, 매일 필사를 하고 함께 공유했던 사람들, 매일 과제를 마치고 톡방에 결과를 올렸던 사람들이 함께했기에 끝까지 할 수 있었던 것이다.

100일을 시작하면서 어떤 결과를 기대하고 원했는지 생각해 본다. 100일의 간절함 끝에 바람이 이루어졌는지도 생각해 본다. 100일이 되는 날에 깜짝 쇼와 같은 변화나 결과를 꿈꾸지는 않았지만 내심 어느 정도의 기대를 하며 시작했던 건 사실이다. 그러나 한순간에 기적 같은 일이 일어나지는 않는다. 다만 세월이 흐르면서 그때 간절히 기도하고 원했던 일들이 이루어졌거나 조금씩 변화하며 이루어지고 있다는 것을 알게 된다. 기적 같은 일이 일어난 것이다.

앞으로도 나의 능력이나 노력으로 불가능해 보이는 일을 만나면 언제든 다시 100일 과정을 시작할 것이다. 100일간의 고된 여정에서 만나는 사람들과 서로 위로하고 위로받으며 각자의 오아시스를 찾아 떠나는 행복 여행을 다시 시작하고 싶다. '100'이라는 숫자가 가지는 기적을 믿는다.

인생의 터닝포인트

통기타를 만난 지 5년이 되어간다. 서울로 전보되어 근무하면서 통기타 동호회에 가입한 것이 인연이 되었다. 처음 기타를 잡고 띵띵거릴 때만 해도 이렇게 오래 할 줄도 몰랐고, 이처럼 기타가 나의 인생을 바꾸어 놓을지도 몰랐다.

전주에 있는 악기사에서 통기타를 구입할 때 사장님은 늦은 나이에 시작하는 건데 포기하지 말고 끝까지 해보라며 걱정 반 격려 반의 응원을 해주었다. 아내는 굳이 따라와서 통기타 대금을 계산해 주었다. 아마 내가 앞으로는 악기를 구입할 일이 없을지도 모른다는 생각에 꼭 사주고 싶었는지도 모른다.

일주일에 한 번씩 점심시간을 이용해 강의를 받게 되면서 '도레미파'부터 시작했다. 처음 코드를 잡다 보니 손가락이 너무 아팠다. 그래도 이른 출근시간과 점심시간을 이용하고 저녁에도 시간을 내어 나름 열심히 했다. 그해 늦은 가을에 직장에서 악기

동호회 발표회가 있었다. 통기타 반에서도 발표회에 참가하기로 해서 덤으로 묻어 단체 팀의 한 명으로 출연하게 되었다. 아내에게 자랑 겸해서 공연 일정을 알려주었다.

무대에 서서 공연을 시작하려는데 낯익은 여인이 맨 앞에 앉아 열심히 박수를 치고 있었다. 연주가 끝나고 아내는 사랑 가득한 꽃다발을 내게 안겨주며 너무 멋있었다고 환하게 웃어주었다. 아내는 반차를 내고 전주에서 올라와 나의 유일한 팬으로 자리를 함께해 주고 다시 전주로 내려갔다. 그렇게 통기타와의 끊을 수 없는 인연이 시작되었다. 그 후 통기타는 외롭고 힘들 때 언제 어디서나 나를 위로해 주고 함께해 주는 친구로 곁에 있게 되었다.

통기타의 실력이 더디 늘고 혼자만의 연주로 조금씩 즐거움을 잃어갈 무렵 실용음악 밴드를 만났다. 우석대 평생교육원에서 실용음악 강좌가 개설되어 주저하지 않고 보컬 부문에 지원했다. 교육생들은 보컬, 드럼, 건반, 일렉기타, 베이스기타로 나뉘어 6개월간 즐겁게 밴드를 배웠다. 수업 마지막 날엔 '이음밴드'란 이름으로 교육원 수강생들 앞에서 공연까지 하게 되는 기쁨도 누렸다.

바쁜 일상 속에서도 공연 준비를 하면서 각자의 실력이 눈에 띄게 늘어가는 것을 느끼게 되었고, 여러 명의 소리가 하나의 화음으로 완성될 때의 기쁨은 말로 표현하기 어려울 정도였다. 처음 공연을 하면서 느꼈던 떨림과 긴장감은 공연의 매력에 중독되기에 충분히 강렬했고, 지금까지도 무대를 떠나지 못하게 하는 멋진 경험이 되었다.

통기타를 만나고 가장 큰 변화는 사고가 유연해졌다는 것이다. 평생을 공직에 몸담고 생활하다 보니 만나는 사람은 대부분 업무와 관련이 있는 사람이었고, 듣고 배우고 생활하는 공간도 특정되어 경직된 사고와 한정된 지식으로 살아왔다. 통기타를 통해 문화 예술과 관련된 사람들을 만나게 되면서 내가 알고 있던 세상이 전부가 아니라는 사실도 알게 되었다.

평생 한 번도 쓰지 않던 근육을 쓰게 되면 새로운 신체의 변화를 느끼며 희열을 느끼듯이 나의 삶도 완전히 다른 세상을 만나 큰 변화가 일어나기 시작했다.

통기타는 나에게 단순한 악기가 아니다. 나를 더 넓은 세상과 만나게 한 연결고리이다. 나를 여러 번 보고 만나고 이야기했던 사람들도 나에 대해 잘 기억하지 못한다. 요즘은 나를 보면 곧바로 통기타 치며 노래하는 사람 아니냐며 알아봐 준다. 정말 놀라운 일이다.

단 한 번만이라도 내가 기타를 치며 노래하는 모습을 본 사람이라면 나를 잊지 않고 기억해 준다. 기타를 잘 치거나 노래를 잘 불러서 기억하는 것이 절대 아니라는 사실도 잘 안다. 젊은 시절 많은 사람들의 로망이었던 통기타를 치기 때문에 기억하는 것이다. 내가 오랫동안 속해있는 모임이나 자주 다니는 활동 공간에서 나의 사회적 직위나 학위 같은 것은 전혀 중요하지 않다. 이제 나에 대한 절대적 이미지는 통기타를 치며 노래하는 중년의 남자인 것이다.

기타를 메고 많은 곳을 다녔다. 요양병원 위안공연도 참여하고, 노래자랑대회 찬조 출연도 하고, 고즈넉한 한옥 정원에서 열린 작은 음악회에 출연하기도 하고, 북 콘서트나 카페 콘서트에도 출연하고, 청춘극장에 찬조 출연도 하고, 송년모임에서 공연도 하며 오라고 하는 곳이면 거절을 하지 않고 참여했다. 이것도 재능이라고 불러주는데 빼고 말고 할 것이 없었다. 누군가 단 한 사람이라도 나의 노래를 듣고 위로받고 행복해할 수 있다면 어디든지 가겠다는 마음이었다.

통기타를 통해 많은 사람도 만났다. 통기타 치는 사람뿐 아니라 다른 악기를 연주하는 사람, 가요를 부르는 사람, 무용하는 사람, 성악 하는 사람, 판소리 하는 사람과 이를 좋아하고 배우며 함께하는 다양한 사람들을 만났다.

통기타는 이렇듯 넓은 세상을 만나게도 해주었지만 진짜 매력은 무대와 관중이 없는 나만의 공간에서 기타와 대화를 나눌 때면 세상 누구도 부러울 게 없는 가장 행복한 사람이 되게 만들어 준다는 것이다.

아직도 통기타를 치며 노래 부르는 것이 많이 미숙하고 부족하다. 처음 '삑사리' 가득할 때부터 곁에서 시끄럽다 하지 않고 유일한 청중으로 묵묵히 들어 준 아내에게 고맙다. 재능이 있어 보인다며 두 번째 통기타까지 사준 걸 보면 어느 정도 소질이 있다고 인정도 한 것 같다. 공연 때 와서 응원해 주고 휴일 둘만의 시간도 연습시간에 기꺼이 양보해 주었다.

그러던 아내가 언젠가부터 이 길은 당신 길이 아닌 것 같다는 말을 하곤 한다. 시간이 흘러도 잘할 가능성이 보이지 않으니 사실을 알려주어야 할 때가 되었다고 생각했는지도 모른다. 그렇다고 해도 너무 매정하다. 10년은 해봐야 한다면서 용기를 주었었는데 갑자기 맘이 바뀐 이유가 궁금하다.

요즘엔 내가 쓰는 글에 관심을 갖기 시작했다. 우리 부부의 삶이 겹겹이 쌓여가는 글을 읽는 재미에 아내의 통기타 응원이 변하고 있는 것 같다. 내 인생의 두 번째 터닝 포인트가 다가오고 있는 건 아닌지.

18학기 학위기

박사 학위를 취득하였다. 대학을 졸업하고 33년이 걸렸다. 졸업 후 20여 년이 흘러 우연한 기회에 석사과정을 시작하여 내친 김에 박사까지 하겠다고 달려온 것이 이렇게 오랜 세월이 흘렀다. 무엇이 나로 하여금 학위에 집착하게 하였는지 생각해 본다. 현재의 처지를 보면 학위가 딱히 필요한 것도 아닌데 왜 그렇게 오랫동안 학위에 매달렸는지 궁금해진다. 평소 뭐든 시작하면 끝까지는 가보려는 성격에 기인한 것이라고 할 수도 있으나 그것만으로는 설명이 부족해 보인다.

나의 대학 생활은 낭만보다는 꿈을 이루기 위한 투쟁과 같은 시간이었다. 원하는 길을 가고 싶다는 욕망에 더하여 힘들게 가르쳐주신 부모님의 간절한 소망을 들어드리고 싶은 절박함이 강했다. 능력의 한계로 목표에 이르지 못하고 대학 4학년을 마치며 군대와 대학원의 기로에 서게 되었다. 여느 드라마처럼 가정 형

편상 입대를 선택하게 되었다.

역사는 가정을 전제하지 않는다고 하지만 그때 대학원 입학을 고집했다면 나의 인생이 어떻게 바뀌었을까 궁금할 때도 있다. 아내는 지금의 나보다 훨씬 더 나아져 있을 것이라며 아쉬워한다. 그땐 나도 가만히 있을 수 없다. "아니야, 그랬으면 당신을 만나지 못했을 거니까 지금보다 훨씬 더 나빠져 있을 거야. 그때 대학원에 못 가게 된 것이 정말 다행이야."

직장생활을 하면서도 대학원에 대한 미련이 있었는지 모교에서 행정대학원 석사과정을 모집하는 공고를 보고 주저 없이 지원을 했다. 그리운 모교에서 다시 공부할 기회를 갖게 된 것이다. 오랜만에 다시 찾은 교정은 나를 학창시절 대학생으로 돌아가게 하였다. 치열했던 대학 시절과 달리 5학기 석사 과정은 캠퍼스의 생기발랄함과 청순함, 낭만을 마음껏 누릴 수 있는 시간이었다. 웃음 가득한 교정도 거닐어보고 학생회관에서 학생들 틈에 끼어 식판에 식사도 하고 중앙도서관으로 오르는 높디높은 계단에 앉아 수많은 별들도 세어보았다. 학창시절에는 한 번도 참여하지 못했던 축제에도 참여하였으니 힘들었던 대학 생활을 보상받기에 충분히 즐겁고 재밌는 시간을 보냈다. 다시 대학생이 되었다는 말이 전혀 어색하지 않았다.

석사를 마치고 박사과정을 고민하면서 훌륭한 멘토를 만나게 되었다. 나이는 동년배이나 배움이 나보다 깊고 대학원 과정도 먼저 마친 직장 상사가 진로에 대한 상담을 해주었다. 한번 시작한 공부이니 박사까지 해보라고 하면서 전공도 업무와 관계있는 과목으로 바꾸어보라고 했다. 그때 멘토의 조언대로 전공을 바꾸고 공부를 계속한 것은 시간이 흐를수록 너무도 잘한 선택이었다.

박사과정은 일반대학원이어서 힘들었다. 매주 두 번씩 야간수업을 받아야 했다. 학계에서 명성이 높고 따뜻하고 자상하신 지도교수님을 만나 많은 걸 배우고 연구하며 성장했다. 업무가 끝나면 간단히 허기만 지우고 먼 거리를 달려가 젊은 학생들과 함께 새로운 학문을 배우고 토론하고 익혔다. 전공이 달라 많은 공부시간이 필요했으나 업무와도 밀접하고 앞으로 하고 싶은 분야이기도 해서 재미있고 흥미로웠다. 집으로 돌아오는 길은 많이 지치고 힘들었지만 항상 즐겁고 행복했다.

수료 후 학위를 받기 위해 논문을 준비하면서 많은 어려움이 있었다. 처음 논문은 주요 관심사인 청소년 문제에 대해서 쓰기로 했다. 무의식적으로 작은 비행을 저지른 청소년이 성인이 되어 가면서 중요 범죄자로 발전해 가는 과정을 조사 분석하여 그

주요 원인이 무엇인지를 밝혀 이를 예방할 수 있는 근본적인 방안을 모색하는 연구를 하고 싶었다. 2년 넘게 자료를 준비하고 조사하는 과정에서 논문으로 쓰기 어려운 문제가 발생하여 부득이 중단하였다. 그때 실망감은 생각보다 커서 다시 논문을 쓸 용기가 생기지 않았다. 몇 년이 지나 새로운 논제로 논문 준비를 하였으나 이 또한 여의치 않아서 중간에 그만두어야 했다. 다시 도전했다. 세 번째 도전은 범죄피해자 지원 개선 방안으로 논제를 정해 무사히 심사를 통과했다. 논문을 제출하기 위해 교학과를 찾았을 때 직원이 "박사과정 18학기예요?"라며 놀란 표정으로 나를 쳐다보던 모습에 뿌듯함과 창피함이 교차하기도 했다.

졸업식 날 학부 교실에서 젊은 대학생들과 함께 학위를 받았다. 박사는 유일하게 혼자였고 나이도 당연히 가장 많았다. 졸업식에는 어머니와 아내, 아들이 함께해 주었다. 학과장님으로부터 학위기를 받는 순간 가슴이 먹먹했다. 지도교수님과 기념사진을 찍고 가족들과 교정 여기저기를 거닐었다. 수업을 받으러 다닐 때는 저녁에만 급히 왔다 가곤 해서 미처 보지 못했던 교정의 멋진 풍경도 꼼꼼히 둘러보았다. 남들이 하듯이 어머니에게 학위복을 입혀드리고 사진도 찍어드렸다. 어머니는 아무 말씀도 없이 나를 꼭 안아주셨다. 30년 전 아들이 대학원을 포기했을 때 무척 아파하셨던 어머니의 모습이 떠올랐다. 어머니의 아픈 상처가 깨끗이 지워지길 간절히 바랐다.

박사 학위를 받는다는 것이 대단한 것도 아니고, 학위를 받아도 특별히 내세우거나 사용할 곳도 없다. 그래도 마무리를 하였다는 후련함은 무엇과도 바꿀 수 없을 정도로 좋았다. 국민학교부터 대학원까지의 오랜 학교생활을 이제 졸업한 것이다. 앞으론 학생으로 학교를 다닐 기회는 없을 것이다.

학생이라는 신분은 나로 하여금 꿈을 가질 수 있게 해주었고, 캠퍼스의 낭만을 간직하며 살아갈 수 있게 해주었으며, 배움의 기쁨을 누릴 수 있게 해주었다. 힘들거나 지칠 때, 포기하고 싶거나 주저앉고 싶을 때면 교정을 찾아 꿈 많던 대학 생활을 추억하며 위로받고 새로운 힘을 얻어 다시 달리곤 하였다. 데이트도 교정보다 좋은 곳이 없었고, 회식 장소로도 대학로의 거리보다 더 활기차고 흥겨운 곳을 찾지 못했다. 일생 동안 학교는 배움의 장소로, 위안의 장소로, 충전의 장소로 항상 내 곁에 있었다. 내가 학위를 핑계 삼아 그리도 오랜 세월 동안 학교 근처를 맴돌았던 이유였을 것이다.

글 짓는 가을

가을은 독서의 계절이다. 무더운 여름이 지나고 가을이 되면 책 읽기에 좋은 계절이 왔다고 한다. 날씨가 책 읽기에 좋다는 의미인 것 같다. 날씨가 좋으면 책 읽기만 좋은 것이 아니고 여행가기도 좋고, 공부하기도 좋고, 사색하기도 좋고, 일하기도 좋고 다 좋은데 왜 굳이 독서의 계절이라고 했는지 궁금해진다. 그래도 대부분의 사람들이 가을이 되면 책 읽을 계획을 세우고 서점도 찾고 책과 관련된 행사에도 참여하면서 바쁘다는 핑계로 소홀히 하던 책을 가까이하며 자신에 대한 미안한 마음을 조금이나마 덜어보려고 노력한다. 나도 그중의 한 사람이었음을 인정해야만 할 것 같다.

올해 가을은 나에게 특별한 계절로 다가오고 있다. 독서의 계절이 아닌 글쓰기에 좋은 계절로 다가온 것이다. 글을 쓰기 시작하고 처음 맞는 가을이다. 가을만큼 글쓰기에 좋은 계절도 없는 것 같다. 일단 날씨가 좋고, 글감이 지천에 깔려 있고, 글을 찾아 떠나기도 좋고, 자연 자체가 소재가 되어주는 것 같기도 하다. 여름내 잘 써지지 않아 끙끙대면서 가을이 오길 기다리며 꿋꿋이 글을 써왔다. 가을이 되면 글이 그냥 써질 것 같은 환상을 가지고 있었던 것이다.

글을 쓴다는 것은 고통이 수반되는 작업이다. 일단 글감을 찾는 게 쉽지 않다. 일상이 모두 소재가 될 수 있다고 하지만 이를 글로 표현해 내는 것이 그리 쉬운 일이 아니다. 전체 글의 짜임새를 갖추어야 하고, 독자에게 말하고자 하는 메시지가 있어야 한다. 그렇다고 글이 내용만을 전달하는 형식이면 너무 단조롭고 식상하다. 주제에서 벗어나지 않는 범위에서 시간과 공간을 넘나들며 다양하고 신선한 소재들이 포함된 입체적인 글이 되어야 독자의 흥미를 끌 수 있다. 표현하자면 그렇다는 것이지 이런 요소가 모두 담긴 글을 쓴다는 것은 고수의 경지에 다다른 베스트셀러 작가들에게나 해당되는 말일 것이다.

올해 문예반에 등록하여 <나의 첫 글>을 시작으로 글을 쓰기 시작했다. 일필휘지로 한 편을 써내려 간 날도 있었지만 대부분은 일주일 내내 씨름하며 간신히 한 편을 완성한 날들이 많았다. 그래도 매주 꾸준히 글을 쓰려고 노력했다. 모든 일이 마찬가지지만 글도 쓰다 그만두면 다시 글을 쓰는 게 쉽지 않기에 부족하고 힘들어도 계속 쓰려고 했다. 파일에 한 편씩 쌓여가면서 나만의 작품으로 간직할 것인지, 다른 사람과 공유를 할 것인지에 대해 고민하게 되었다. 혼자만 간직하는 일기가 아니고 출간을 전제로 하는 작품을 쓰는 것이라면 독자의 생각이 궁금해지기 시작했다.

고민 끝에 브런치에 작가 신청을 해서 선정이 되었다. 매주 한 편씩 브런치에 작품을 올리며 다른 사람들과 공유하기 시작했다. 아직 구독을 해주는 독자가 많지 않지만, 나에게는 너무나 소중하고 감사한 분들이기에 약속을 지키기 위해 매주 글을 써서 올리고 있다. 매주 글을 쓰는 이유이다.

오늘도 카페 한쪽 구석에 앉아있다.
노트북을 열고 자판에 손을 올려보지만
한 자도 쓰지 못하고 시간만 흐른다.

커피를 마시며 생각에 잠긴다.
하얀 바탕에 검정 글자가 춤추기를 기대하지만
화면은 어느덧 물방울만 둥둥 떠다닌다.

밖에는 가을비가 내리고 있다.

글쓰기 좋다는 가을에 비까지 내려주는데

이래도 글을 쓰지 못하겠냐고 놀리는 듯하다.

글은 짓는다고 한다.

장인의 마음가짐으로 다가가 본다.

다시 그 길 위에 서고 싶다

비행기가 몽골 상공을 지나고 있다. 일 년 전, 아내가 텔레비전을 보다가 "우리 저기 가볼까?"라고 무심히 던진 말이 우리를 여기에 있게 하였다. 처음 그 말을 들었을 때만 해도 그곳이 어디에 있는지도 모르고, 왜 가보자고 하는지도 몰랐다. 그해는 두 아이가 대학 진학을 위해 수능 준비를 해야 했고, 아내가 뜻밖의 장기 외유를 하게 되면서 정신없이 바쁜 시간을 보냈다. 그곳에 대한 기억이 희미해져 갈 무렵 나에게 무척 힘든 일이 일어났다. 혼자 감당하기 어려운 심적 고통을 느끼면서 그곳에 가보고 싶다는 생각이 다시 피어오르기 시작했다.

처음 아내로부터 '산티아고'에 가보자는 말을 들었을 때만 해도 스페인이 아닌 칠레의 수도로 알아들었으니 나의 무지함도 어지간하였다. 그 후 산티아고에 대해 조금씩 알게 되었고, 언젠가 산티아고의 순례길 위에 서있는 나의 모습을 상상하기 시작했다. 왜 산티아고에 가고 싶은 건지도 모른 채 그저 막연하게 순례길을 걷고 싶다는 생각을 하게 된 것이다.

여행을 준비하면서 처음 만난 어려움은 경비를 마련하는 것이었다. 일단 지출하고 다녀와서 변제하는 방법을 택하기로 했다. 산티아고가 아니면 감히 엄두도 내지 못하고 생각도 하지 못할 일이었다. 순례길이라는 숭고한 단어 앞에 다른 모든 것은 한낱 세속적인 것 같고, 회피하기 위한 구차한 변명같이 여겨졌다. 이번이 아니면 앞으로 오랜 시간 동안 산티아고에 갈 수 없다는 생각에 앞뒤 따지지 않고 덜컥 비행기 표를 예약했다. 표를 예약하고 나니 마음이 편안해지고 꼭 해야 할 일을 하기 시작한 것 같은 생각이 들었다.

순례 기간을 정하는 데도 다소 우여곡절이 있었다. 처음에는 무조건 800킬로미터를 모두 걷기로 마음먹었으나 계획이 구체화되면서 여건상 40일의 일정은 무리라는 결론에 이르게 되었다. 그렇다고 순례 자체를 미루면 다시 실행하는 데 너무 오랜 시간이 걸릴 것도 같고, 자칫 못 갈 수도 있다는 생각에 일단 20일의 일정으로 가기로 하였다.

체력도 걱정이었다. 800킬로미터 전 구간을 걷는 것이 아니고 12일 동안 300킬로미터를 걷기로 하였지만 평소 운동을 즐겨하지 않는 우리에게는 다소 버겁기도 하고 살짝 두렵기도 한 걱정되는 도전이었다. 레옹부터 산티아고까지 300킬로미터를 걸을 수 있는 체력을 준비하기 위해 매일 저녁 아내와 같이 체련공원을 두 시간씩 걷기 시작했다. 많은 이야기를 하며 서로에게 무심했던 부분을 알아가기도 하고, 가끔은 아무런 말도 없이 그저 걷기만 하며 자신의 내면을 바라보기도 하였다. 산티아고 길 위에 섰을 때의 모습들을 그리며 우리 둘의 과거와 현재, 미래에 대해 생각하고 이야기하며 공유하는 시간이었다.

누가 그랬던가? 목표를 이룬 후보다 이루기 위한 과정이 더 행복하고, 여행도 가기 전 준비과정이 더 설레고 행복하다고. 순례길을 준비하면서 순례길을 가고자 했던 이유들을 조금씩 찾아가며 채워가고 있는 것은 아닌가 하는 생각이 들었다. 이미 우리는 산티아고의 순례길을 걷고 있었던 것이다.

막바지에 큰 사고가 터졌다. 산티아고에 갈 수 있을지 걱정이 되었다. 내가 할 수 있는 건 기도뿐이었다. 문제를 해결하여 가는 과정이 힘들고 어려워 그만두고 싶은 마음이 들기도 했다. 나는 새벽을 열며 성전에 앉아 산티아고의 길 위에 세워달라고 간절히 기도했다. 일이 조금씩 정리되어 갔다.

인터넷을 통해 배낭, 침낭, 스틱, 우의, 수저 등을 구입하고, 매장에서 등산화와 샌들도 구입했다. 산티아고를 강력 추천해 준 선배님이 먼저 다녀온 경험을 바탕으로 꼭 필요한 구급약을 정성스레 챙겨 보내주었다. 회사에 연가 신청도 하고 모든 준비가 순조롭게 진행되었다. 아내의 얼굴은 그 어느 때보다 밝고 활기찼다. 항공과 숙박도 예약해야 하고, 이런 저런 준비를 하느라 힘들고 짜증도 날 텐데 전혀 그런 기색이 없이 항상 싱글벙글했다. 저녁에 만나면 하루 종일 산티아고를 위해 준비한 내용을 알려주는 모습이 마치 소풍을 떠나는 어린 아이처럼 들떠있었다. 이처럼 행복하고 밝은 모습을 오랜만에 보는 것 같았다. 준비 과정을 통해 주님의 사랑을 배우고 주님의 은총을 받고 있었던 것이다.

여행을 떠나면서 가장 큰 걱정은 집에 남아있는 아이들이었다. 물론 잘하리라 믿으면서도 아직 아이들을 믿지 못하는 마음이 컸던 것이다. 이제 아이들도 다 컸으니 믿고 맡겨야 하는데 아직도 아이들을 대하는 태도가 조금도 변하지 않고 있었던 것이다. 이번 여행을 계획하면서 아이들만 두고 가는 것이 가장 마음에 걸리기도 하면서도, 아이들에게 정말 좋은 시간이 되리라는 기대도 하였다. 그동안 말로만 아이들을 믿는다고 한 것에 대해 실제 아이들을 믿고 있는지를 확인해 보고 싶었다. 우리가 없는 동안 아이들이 어떻게 지낼지, 가족에 대해 어떤 생각을 하며 지낼지도 기대되고 궁금했다. 우리가 없는 동안 아이들도 우리와 같이 성장하길 바랐다.

2018년 9월 26일 13시 15분 인천공항 출발, 창문 밖 구름 사이로 떠오른 무지개를 보며 아내의 손을 살며시 잡아본다. 남은 우리의 인생도 산티아고 여행과 같겠지.

해봤어?

해보고 싶은 게 있는가? 그럼 당장 해보면 된다. 해보지 않고는 절대 알 수 없다. 해보지 않은 것에 대해 내내 아쉬움과 미련이 남게 된다.

우리는 새로운 길로 가려고 할 때 혹시 잘못 들어선 것은 아닌지, 가서는 안 되는 길로 가고 있는 것은 아닌지, 길을 잃어버리지는 않을지에 대한 많은 걱정과 두려움을 가지고 있다. 이처럼 길을 걸어가는 것조차 새로움에 대한 망설임과 불안함을 동반하는데 인생이라는 여정을 가면서 한 번도 가본 적이 없고 남들도 하기를 두려워하는 방향으로 나아갈 때의 불안함은 어디에 비하겠는가?

출근을 하면서 매일 똑같은 길을 똑같은 방법으로 걷는다면 걸리는 시간이나 가야 할 방향, 도로의 지형에 대해 익숙해서 아무 걱정이 없이 편하게 다닐 수 있다. 그러나 한 번이라도 전과 다르게 출근을 해보면 정말 놀라운 사실을 느낄 수 있다. 조금 다른 길로 가거나, 자가용이 아닌 자전거나 도보로 가거나, 같은 시간대가 아닌 조금 이르거나 다소 늦은 시간에 출근을 한다면 완전히 다른 새롭고 신선한 느낌을 받을 수 있다. 조금의 변화로 활기차고 행복한 출근길이 될 수 있다는 것을 알게 될 것이다.

물론 도보로 가면 비를 만날 수 있으니 우산을 미리 준비한다거나 기온의 변화에 대비하여 옷을 입어야 한다. 버스로 가면 시간이 조금 더 걸릴 수 있으니 조금 일찍 서둘러야 한다거나 노선표나 환승역에 대한 정보를 사전에 준비해야 하는 수고로움은 필요하다. 그러나 그 정도의 수고로움은 삶의 활기를 찾게 해주는 것에 비해 결코 수고라 할 수도 없다는 걸 알게 될 것이다.

우리는 인생을 살면서 나중에 후회하지 않아야 한다는 말을 수도 없이 듣고 배우고 학습하여 너무도 잘 알고 있다. 그 말을 실천하기는 정말 어렵다는 것도 누구보다 잘 알고 있다. 한번 태어나 언제 떠날지 모르는 삶을 살다가 어느 날인가 떠나게 된다. 태어난 날도 나의 의지와 상관없이 태어나고 죽는 날도 나의 의지와는 전혀 상관이 없다. 내가 관여하고 결정할 수 있는 것은 살아있는 동안뿐이다. 이마저도 나의 의지대로 할 수 없다면 나에게 주어진 시간마저도 나의 인생이라고 할 수 없다.

인생을 살면서 하고 싶은 일이 너무 많으나 그 모든 것을 다 할 수는 없다. 그러나 적어도 내가 꼭 해보고 싶은 것만큼은 해보면 좋겠다. 우리는 버킷리스트를 작성하곤 한다. 그중 몇 개나 이루었는지 생각해 본다. 해본다고 모두 이룰 수 있는 것도 아니다. 그러나 해보기는 해야 버킷리스트라고 할 수 있지 않을까? 과연 몇 개나 해보았는지 세어본다.

나도 버킷리스트가 있다. 많은 사람이 꿈꾸듯 나도 내가 지은 집에 살기, 나의 이야기를 책으로 출판하기, 가족과 세계여행 가기를 어릴 적부터 가슴에 품고 살았다. 첫 번째는 이루었고, 두 번째는 진행 중이고, 세 번째는 준비 중이다.

나의 집을 짓기 위해 살고 있던 아파트를 팔았다. 멀쩡히 잘 살고 있던 아파트를 팔기까지 많은 고민이 있었다. 그럼에도 내가 결정을 할 수 있었던 것은 뭔가 쥔 손으로는 다른 것을 절대 쥘 수 없다는 사실을 깨달았기 때문이다. 대지를 구입하고 집을 짓기 위해서는 자금이 필요한데 그 돈이 마련될 때까지 기다리다가는 결코 집을 지을 수 없다는 생각을 하게 된 것이다.

책을 쓰기 위해 독서모임도 다니고 다른 사람의 출판기념회에 쫓아다니기는 하였으나 항상 생각뿐이었다. 마음에만 있던 책 쓰기를 위해서는 뭔가를 해야만 했다. 큰맘 먹고 문예반에 등록을 했다. 바쁘고 힘들지만 한 주도 거르지 않고 수업에 참여하며 매주 한 편의 글을 쓰려고 하고 있다. 쉬고 싶고 놀고 싶은 편안함을 포기하며 주말 내내 글쓰기에 매달린다. 문예반 수업을 통해 나의 꿈이 조금씩 이루어지고 있음을 느끼고 있다.

세계여행을 위해 언어 소통이 되어야 하는 것은 너무도 필수적이어서 어학공부는 쉬지 않고 꾸준히 하고 있다. 여행에 필요한 것들을 미리 점검하고 준비하기 위해 자유여행도 몇 번 다녀왔다. 시간되는 대로 여기저기 트레킹도 다니며 체력도 테스트해 보고 매일 운동도 게을리하지 않고 있다. 아직 구체적인 일정을 세우지는 않았지만, 미룰수록 가기가 어렵다는 생각을 마음속에 다잡으며 빨리 떠날 수 있도록 노력하고 있다. 꼭 갈 수 있을 거라 믿는다.

지나온 시간을 뒤돌아보면 하고 싶은 것은 일단 저질렀던 것 같다. 약간 무모할 때도 있었지만 그래도 큰 어려움은 없었다. 가보다 아니면 언제든 그만두면 된다는 생각으로 시작했다. 중도에 그만둔 적도 있었다. 그러나 가봄으로써 미련은 없어졌고, 오히려 많은 것을 배우고 얻었다. 조금 서툴고 고생스럽고 힘이 들 수는 있어도 불가능한 것은 없다는 것도 알았다.

세월이 흘러도 하고 싶은 것이 멈추지 않는다. 나이가 듦에 따라 노욕이 생긴 것인지도 모른다. 어릴 적 꿈이 아닌 삶을 정리해야 할 시점에 갖게 될 새로운 버킷리스트는 뭘까? 나도 궁금하다. 앞으로도 쉬운 결정은 없을 것이고, 어느 것 하나 쉽게 이루어지지 않을 거라는 것도 잘 안다. 그래도 일단 해볼 것이고, 가보지 않은 새로운 길을 선택하려고 노력할 것이다. 나는 그 길이 좋다는 것을 안다.

또 하나의 산을 넘고

본부에서 연락이 왔다. 3주 후에 평가가 있는데 해볼 거냐고 물었다. 통상 3개월 전에 평가 일자를 통보해 주는데 갑자기 응시자가 연기 신청을 해서 자리가 비었다며 연락이 온 것이다. 시간이 너무 촉박하여 망설이다가 한 시간만 시간을 달라고 하고 전화를 끊었다. 아직 준비도 전혀 안 된 상태이고, 추석 전이라서 바쁠 것 같기도 하고, 떨어지기라도 하면 명절은 말할 것도 없고 일가친척 볼 면목도 없을 것 같아 고민이 깊었다.

곰곰이 생각해 보니 시간이 많을수록 심적인 부담만 늘어가고 오랫동안 준비하려면 고생도 많이 해야 하고 가족들 신경도 많이 쓰이게 할 것이라는 생각이 들었다. 특히 역량평가라는 것이 갑자기 공부를 열심히 한다고 좋은 결과가 나오는 것도 아니고, 딱히 역량을 늘리기 위한 공부로 뭘 해야 하는지도 막막하다 보니 미루지 말고 일단 덤비기로 했다.

본부에서 보내준 기존 평가 자료들을 출력하여 책으로 편집하니 전부 다섯 권이 되었다. 역량평가는 무엇보다 실전연습이 중요하다고 생각하여 여기저기 수소문을 해 연수원에서 강의교재로 사용했던 실습교재 세 권을 구할 수 있었다. 시험을 앞두면 항상 하는 방식대로 일단 계획표를 작성했다. 3주간 기존 자료집을 세 번 읽고, 실습교재로 실전처럼 모의평가를 세 번 해보기로 일정을 짰다. 이번엔 하나 덧붙여 3주간 금주를 하기로 마음먹었다. 3주간 술을 먹지 않고 맑은 정신 상태를 유지하며 준비를 하면 꼭 통과할 것 같은 막연한 기대심이 생겼다.

금요일부터 시작하여 세 번째 목요일이 평가일이다. 근무를 마치면 자료를 챙겨 도서관으로 갔다. 계획표대로 하려면 열심히 해야 했다. 두 번의 주말은 하루 종일 도서관에서 보냈다. 나이가 있어서인지 쉽게 지치고 하기도 싫어지고 잡념도 많이 생겼다. 대충 이 정도 하면 되겠지 하는 자기 모순적 자신감을 억지로 만들려고도 하였다.

준비 기간에 회사 간담회가 있었는데 그 자리에서 소중한 말을 들을 수 있었다. 누구나 시험 준비를 하는 과정에서 힘들거나 어렵거나 부담이 많아지면 그만두거나 쉬려는 마음에 스스로 그럴싸한 변명거리를 제공하며 달리던 속도를 멈추거나 잠시 주저

앉아 쉬곤 한다는 것이다. 그러나 합격한 사람들을 보면 그 순간에 공부 효과는 미미하더라도 절대 쉬거나 멈추지 않고 해온 대로 꾸준히 자리를 지키고 앉아있다는 것이다.

산을 오르다 보면 숨이 목에 차고 한 걸음도 내딛지 못할 정도로 힘들 때가 많다. 그때 쉬거나 주저앉으면 다시 일어나 올라가기가 쉽지 않다. 아무리 힘들어도 묵묵히 한 걸음 한 걸음 앞으로 나아가야 포기하지 않고 산의 정상에 오를 수 있다. 힘든 과정을 이겨내야만 정상에 서서 멋진 경치를 바라보며 오를 때의 힘듦이나 고단함을 추억으로 만들 수도 있고, 산을 왜 오르려 했는지에 대한 이유도, 뭔가 이뤘다는 뿌듯함도 느낄 수 있다.

사람들은 일생을 살아가면서 많은 산을 만나게 된다. 각자의 여정에서 그 산들은 저마다 다르겠지만, 직장인이라면 근무하는 동안 피할 수 없는 산이 승진이라는 산이다. 승진이 직장 생활의 전부는 아니지만 그래도 내가 열심히 일한 것에 대한 보상을 받고, 내가 한 일에 대해 인정을 받는 과정이 아닌가 싶다.

누구나 직장 생활을 시작하면서 오르고 싶은 자리가 있지만 쉽게 이룰 수 없기에 꿈으로 남겨지는 경우가 많다. 나도 지금의 길을 선택하면서 꿈이 있었고, 30여 년의 직장 생활을 하면서 많은 승진의 과정이 있었다. 처음에야 누가 조금 늦고 빠르고의 차이에 불과하지만 위로 갈수록 급 피라미드를 형성하며 낙타가 바늘구멍을 통과해야 하는 것처럼 어려워지고 기회도 잘 주어지지 않는다. 꿈이 꿈으로 끝나지 않도록 하기 위해 많은 산을 도전하며 오르기를 반복했다.

평가를 보기 위해 전날 서울로 올라갔다. 아내가 함께하고 싶다고 했다. 평가 내내 마음 졸이고 있을 아내를 생각하면 같이 가고 싶지 않았으나, 혼자서 집에 남아 걱정하고 있는 것보다 곁에서 뭐라도 챙겨주는 게 아내를 좀 더 편안하게 해주는 거라 생각하며 함께 가기로 했다. 나는 가방을 들고 아내는 백팩을 메고 고속버스에 지하철을 타고 사당에 있는 호텔에 도착했다. 짧은 여정이었지만 산티아고의 순례길을 같이 걷던 이야기를 나누며 내내 행복했다. 집이 아닌 밖에서 잠을 잘 때 제대로 된 잠을 잔 적이 없었는데, 이번에는 집처럼 평온하게 잠을 잘 수 있었다. 아내는 내가 집에서 쓰던 물건들을 모두 백팩에 넣어 가져온 것이다.

아내의 따뜻한 포옹을 뒤로하고 호텔을 나서 인재개발원에 갔다. 오전 오후 다섯 시간에 걸쳐 역량평가를 봤다. 아쉬운 과목도 있었으나 일단 끝났다는 홀가분한 기분에 어린애처럼 즐거웠다. 지하철역에서 아내를 만났다. 아내는 뭔가 물어보고 싶은데 묻지 못하고 나의 눈치만 살피는 것 같았다. 그 마음을 알지만 특별히 해줄 말이 없어 아무런 말도 하지 못했다. 점심도 못 먹은 아내를 데리고 고속버스터미널 카페에서 빵과 커피 두 잔을 주문했다. 허겁지겁 빵을 입에 넣고 있는 아내를 보니, 온종일 개발원 정문 앞에서 마음 졸이고 있었을 모습이 떠올라 눈앞이 흐려졌다.

집에 가기 위해 고속버스를 타니 아내는 피곤한지 바로 잠이 들었다. 근무시간이 끝나기 전에 개발원에서 본부로 통과 여부를 알려준다는 사실을 알고 있던 나는 쉬 잠들지 못하고 핸드폰만 만지작거렸다. 처음 발령을 받고 고속버스를 타고 서울로 올라가던 순간이 떠올랐다. 그 후 얼마나 많이 이 고속도로를 오고 갔는지 모른다. 30여 년의 직장 생활이 창밖의 경치처럼 빠르게 스쳐 지나갔다. 버스가 천안을 지나는데 핸드폰의 진동 벨이 울렸다.

볼 빨간 사나이

갑자기 눈앞이 하얘졌다. 얼굴이 화끈거리며 빨갛게 달아올랐다. 현기증까지 일어난다. 정신을 차릴 수가 없다. 아무 말도 하지 못하고 그대로 서있었다. 시간의 흐름이 끊긴 것처럼 모든 것이 정지되어 버렸다. 단상에 선 한 남자가 빨갛게 달아오른 얼굴을 하고 어찌할 바를 모른 채 한참을 서있다.

어릴 적부터 남 앞에만 서면 말도 못 하고 얼굴이 빨개지곤 했다. 평소 이야기를 할 때는 아무런 문제가 없다가 일어서거나 앞에 나가서 말을 하게 되면 갑자기 볼 빨간 사람이 되어 아무런 말도 하지 못하게 되는 것이다. 학창 시절이야 굳이 나서지 않으려고 하면 나서지 않아도 되니 크게 불편하거나 문제가 되지 않았다. 직장 생활을 시작하면서 발표를 하거나 회식자리에서 나서서 말을 해야 하는 경우가 종종 생기면서 이런 현상이 문제가 되기 시작했다.

동창회 부부모임에 갔을 때의 일이다. 돌아가면서 자기 부부 소개를 하는 시간이 되어 나도 아내와 같이 앞으로 나가게 되었다. 아내와 나의 소개를 하여야 하는데 나는 아무런 말도 하지 못하고 결국 아내가 우리 부부 소개를 하고 돌아오게 되었다. 아무리 대인 울렁증이 심하다고 하여도 같이 간 아내에게 너무 미안했다.

어느 날 아내가 수강증을 한 장 건네주었다. 세월이 흘러도 좋아질 기미를 보이지 않자 처방전을 준비한 것이다. 내 나이에 웅변학원을 보내도 갈 것 같지 않았는지 크리스토퍼 리더십 코스에 등록해 준 것이다. 다른 사람 앞에서 말을 잘하는 법을 가르치는 교육으로 11주 동안 진행이 되었다. 평생 볼 빨간 사나이로 살지 않기 위한 마지막 기회라 생각하고 가르치는 대로 열심히 따라 했다. 그곳에 온 사람들도 대부분 나와 같은 어려움을 가지고 왔다는 말을 듣고 나니 창피하거나 실수에 대한 부담이 덜했다. 아내도 나의 볼이 더 이상 빨갛게 되지 않기를 바라는 마음이었는지 실습 과제를 캠코더로 녹화도 해주고 모니터링도 해주었다. 마지막 주에는 수강생들의 가족을 초대하여 발표회까지 할 수 있게 되었다.

그 후에도 다른 사람들 앞에 선다는 것에 대한 심적 부담은 여전히 남아있었다. 발표회에 서는 것은 수강생들과 11주를 만나다 보니 서로 익숙해지기도 했고 동병상련의 심정이라서 부담이 덜했으나, 새로운 사람을 만나게 되면 다시 원래의 천성이 되살아나서 볼 빨간 사람으로 돌아가곤 하였다.

중학생이 되면서 하고 싶은 일 중에 대중 앞에서 멋진 강연을 하는 강사가 되고 싶은 마음이 있었다. 학창 시절을 보내면서 천성적으로 수줍음이 많고 대인 울렁증이 심하다는 사실에 강사의 꿈은 접어야만 했다. 크리스토퍼 교육을 받으면서 오랫동안 외면하고 있었던 꿈에 대한 생각이 다시 싹트는 듯했다. 교육을 받았어도 효과가 크지 않다는 사실을 깨달으면서 다시 꿈이 사라질 위기에 처했다.

그 무렵 회사에서 내부강사 모집 공고가 떴다. 꿈을 되살리기에 더없이 좋은 기회라 생각해서 무조건 지원했다. 서울까지 다니며 1차 교육을 받고 강화 교육도 받았다. 카메라 테스트도 받고 강사로 온 아나운서로부터 발성과 제스처 훈련도 받았다. 선발 과정을 거쳐 강사로 선정되고, 인천시청에서 업무 관련 강의 요청이 들어왔으니 원하는 강사는 지원을 하라는 연락이 왔다.

이틀을 꼬박 고민했다. 한 번도 강의를 해본 적도 없거니와 우리 직원을 상대로 한 것이 아니고 다른 기관 직원을 상대로 하는 강의라서 부담감은 이루 말할 수가 없었다. 결국 지원을 하고 두 시간의 강의를 마쳤다. 등에서는 식은땀이 흐르고, 앞에 앉아있는 사람들이 제대로 보이지도 않고, 무슨 말을 했는지도 잘 기억나지 않는다. 섭외한 담당자로부터 강의를 잘 들었다는 말을 듣는 둥 마는 둥 도망치듯 서둘러 돌아왔던 첫 강의의 기억은 아직도 온전히 나만의 부끄러움으로 남아있다.

시간이 지나면서 회사 후배들을 대상으로 강의도 하고, 외부 강의도 다니고, 대학교에서 학부생들에게 상대로 특강도 하며 소중한 기회들을 가질 수 있었다. 사람들을 만나 서로의 생각을 공유하고 의견을 나누면서 나도 성장하고 있음을 느끼고 있다. 볼이 빨개지지 않았으면 오히려 이렇게 많은 사람들을 만나지 못했을지도 모르겠다.

이제 더 이상 볼이 빨개지지는 않는다. 물론 강의를 잘하거나 듣는 사람들을 들었다 놓았다 할 정도로 위트가 있지도 않다. 아직도 남 앞에 서는 게 부담스럽고 말을 할 때 떨리기도 하고 끝난 후에 아쉬움도 남는다. 앞으로도 내 안의 두려움을 떨치기 위해 남 앞에 서기를 주저하지 않을 것이다. 두려움이 아닌 열정으로 볼 빨간 사나이가 되는 그날까지.

지금 몇 시예요?

“프로게이머요.”, “인테리어 디자이너요.”, “조경 설계사요.”, “헤어 디자이너요.” 학생들의 꿈이 정말 다양했다. 예전 같으면 선생님이나 과학자, 군인, 공무원과 같이 일반적인 직업을 말할 텐데 요즘은 자기 주관도 강하고 구체적으로 표현하는 것이 좋아 보였다. 모자가 어울리지 않는 두상에 대한 조언을 들어볼 요량으로 헤어 디자이너가 꿈이라는 학생에게 나의 헤어스타일은 어떻게 하면 좋겠는지 물어보았다. “선생님의 머리는 옆으로 넓고 커서 옆 머리카락은 짧게 치고…” 한 치의 망설임도 없이 정확히 나의 단점을 집어내곤 이를 보완할 수 있는 방법까지 사뭇 진지하게 설명해 주었다. 여기저기서 소리 죽여 웃는 해맑은 아이들을 보면서 당차고 꾸밈없는 모습이 부러웠다.

두 달 전쯤 한 대안학교 선생님으로부터 대학수학능력시험이 끝나면 고3 학생들을 대상으로 유익한 이야기를 해달라는 요청을 받았다. 내부 직원이나 일반인을 대상으로 전문지식에 대한 강의는 해봤어도 청소년을 대상으로 한 강의는 처음이라 쉽게 한다고 하기가 어려웠다. 선생님도 이런 내 마음을 알았는지 특별히 정해진 주제는 없고 인생 선배로서 시험이 끝난 고등학생들의 직업 선택이나 앞으로의 인생 설계에 관한 이야기를 해주면 된다면서 꼭 해주면 좋겠다고 하였다. 유명 인사도 아닌 사람이 간곡한 부탁을 거절하는 것도 예의가 아니어서 일단 한다고 했다.

승낙을 하고 나니 어떤 말을 할 것인지 주제에 대한 걱정이 들었다. 요즘 청소년들에게 어떤 말을 해야 나 같은 아재의 말에 귀 기울이고 공감하고 함께 소통할 수 있을지 막막하고 어려웠다. 몇 달 전에 청소년들의 특성에 대한 내용을 담은 『90년생이 온다』라는 책을 읽었다. 90년생은 간단하거나, 재미있거나, 정직하거나 하는 것을 좋아하는 성격을 가지고 있다고 하나 선뜻 이해가 되거나 와닿지는 않았다. 아내에게 고민을 털어놓으니 아무리 시대가 바뀌고 사람이 변하더라도 진심은 통한다면서 청소년을 생각하는 당신의 마음을 담아 솔직 담백하게 말하면 어떻겠냐고 했다.

'꿈'에 대한 이야기를 하기로 정했다. 강의실에 들어서자 학생들이 우레와 같은 박수로 환영해 주어 순간 당황했다. 먼저 학교에서 자랑하는 공연 팀의 열정적인 무대가 있었다. 잠시 어리둥절한 시간이 지나고 약간 긴장한 상태로 학생들 앞에 섰다. 이런 나의 심정을 알아챘는지 학생들이 적극적으로 호응해 주고 관심을 표해주면서 긴장감도 사라지고 어느덧 학생들과 하나가 되어갔다.

꿈이 무엇인지, 그 꿈을 위해 무엇을 하고 있는지 물어보았다. 자신의 꿈이 있다고 하는 학생과 아직 모르겠다고 하는 학생이 반반 정도 되었다. 시험이 끝난 후라 결과에 대한 불안함과 앞으로 무엇을 하여야 하는지에 대한 걱정은 모든 학생이 가지고 있는 공통된 고민이기도 했다. 나도 그 무렵엔 미래에 대한 두려움과 막막함으로 많이 힘들었다.

내가 꿈을 가지게 된 것은 고등학교 1학년 때였다. 공장노동자로 살아가시는 아버지의 모습을 곁에서 보면서 사회에서 소외된 이들에게 도움을 주는 삶을 살고 싶었다. 꿈을 이루기 위해 변호사가 되는 것을 목표로 법대에 진학하여 사법고시를 보았으나 연속 낙방을 하면서 변호사의 길은 접어야 했다. 그래도 꿈을 포기할 수는 없었다. 다른 길을 선택하여 나의 꿈을 실천하며 30년을 살았다. 무고한 사람이 없도록, 억울한 사람이 없도록,

피해를 입은 사람이 회복되어 정상적인 생활할 수 있도록, 무전 유죄가 아닌 모든 사람이 법 앞에 공정할 수 있도록 최선을 다해 노력했다.

이번에 시험 점수가 낮아서 원하는 대학이나 전공과를 가지 못하거나 대학에 진학하지 못해도 실망하거나 좌절하지 말라고 했다. 지금 당장 원하는 방향대로 되지 않았다고 꿈마저 포기하지는 않았으면 좋겠다고 했다. 꿈을 이루기 위해 가는 길은 무수히 많다. 어떤 한 길을 정하였다가 실패하였어도 주저앉지 말고 내게 맞는 다른 길을 찾아서 새롭게 가면 되고, 가는 도중 난관에 봉착하거나 방해물을 만나면 궤도를 수정하면서 꾸준히 가다 보면 틀림없이 자신이 꿈꾸는 곳에 갈 수 있을 거라고 말해주었다.

인생 80년을 산다고 할 때 여러분의 인생 시계는 지금 몇 시를 지나가고 있는지 물어보았다. 고3이면 새벽 6시도 되지 않았다. 해가 막 떠오르며 세상이 밝아지기 시작하는 순간이다. 잠자리에서 일어나 기지개를 한번 켜고 세수하고 엄마가 챙겨준 따뜻한 밥을 먹고 현관문을 열고 새로운 세상으로 막 나아갈 준비를 하는 시간이다. 포기나 실망이라는 단어는 전혀 어울리지 않는다. 홀로 서는 자신만의 인생은 아직 시작도 하지 않았다. 지금이 얼마나 설레고 가슴 벅차고 기대되는 순간인지 본인들은 모를 것이다.

나의 인생 시간을 계산해 보니 오후 6시가 되어간다. 일상에선 해가 지고 귀가를 준비하는 퇴근 시간이지만, 나는 인생 2막의 새로운 무대를 준비하고 있다. 새로운 길을 떠나기에 전혀 늦지 않다. 힘든 일상을 살아가는 많은 사람들과 위로와 행복을 함께 나누기에 충분한 시간이 남아있다. 오전 6시만큼이나 기대되고 설레는 순간이다.

퇴근하고 연습실에서 통기타 연습을 한다. 집에 와서 운동복으로 갈아입고 헬스장에 가서 적당히 땀이 밸 정도로 운동을 하였다. 헬스장을 나와 인근 단골 카페에서 노트북을 꺼내 글을 쓰기 시작한다. 아직 카페에 사람들이 많다. 나도 그중 한 명이라는 사실이 좋다. 오늘도 설렌다.

눈을 뜨다

조용히 문을 열고 들어서니 녹음실에서 책 읽는 소리가 들려온다. 책 읽는 소리보다 듣기 좋은 소리는 없다는 어른들의 말이 실감났다. 초등학교 시절 소리 내어 책을 읽어본 후로 책을 소리 내어 읽을 기회가 많지도 않고 실제 읽어 본 적도 거의 없었던 것 같다. 어릴 때는 국어 과목에 읽기가 있어서 학교에서 자주 읽기도 하고 집에서 몇 번 읽어 오라는 숙제도 있어 읽을 기회가 많이 있었다. 우리들의 책 읽는 소리를 곁에서 듣고 있던 어머니의 모습은 세상 그 무엇도 부러울 게 없는 표정이었다. 지치고 힘든 일상의 피로를 잠시나마 잊고 세상에서 가장 아름다운 소리에 위안을 받고 있는 듯했다. 한동안 숨을 죽이고 책 읽는 소리를 듣는데 집중해 본다.

몇 해 전 블로그를 보다가 우연히 점자도서관에 대한 글을 읽게 되었다. 글을 쓴 사람이 점자도서관에서 낭독 봉사를 하고 나오면서 느꼈던 감정을 글로 남긴 수기였다. 봉사를 통해 글쓴이가 느꼈던 행복한 마음이 고스란히 전해지는 듯했다. 홈페이지를 방문해 보니 '빛들'이라는 애칭이 눈에 띄었다. 시각장애인을 상징할 수 있는 '빛'과 시각을 대신한 감각을 통해 독서활동을 즐기고 있는 시각장애인의 대표적인 독서방법 중 하나인 '듣기'의 의미를 내포한다며, 시각장애인에게 '빛'이 될 수 있도록, 정보의 황금'들'판이 되겠다는 글이 적혀있었다. 가슴이 설레고 심장이 뛰기 시작했다. 낭독봉사에 대한 공지를 확인해 보니 일주일에 자신이 원하는 시간대를 확인해서 봉사자가 없으면 신청을 하여 참여할 수 있었다.

일주일에 한 번씩 점자도서관으로 낭독 봉사를 다녔다. 봉사를 하기 위해서는 낭독을 위한 기본 교육을 먼저 받아야 한다. 봄과 가을에 두 번에 걸쳐 전직 아나운서가 와서 발성과 호흡에 대한 기본적인 방법을 가르쳐준다. 교육을 이수하고 나면 봉사자가 낭독을 하고 싶은 책을 선정하게 된다. 이미 읽은 책 중에 함께 하면 좋을 책을 골라서 다시 한번 그 책을 읽어보며 낭독을 어떻게 할 것인지 구상한다. 낭독을 하는 요일이 되면 좋은 컨디션을 유지하여 도서관에 가서 정해진 시간에 정해진 녹음실에서 두 시간 정도 녹음을 하였다. 처음에는 어떻게 녹음을 하는지 몰라 걱정을 많이 했는데 그곳에 근무하는 분들이 친절하게 잘 가르쳐줘서 별 어려움 없이 녹음을 할 수 있었다.

문제는 낭독 과정이다. 나이 탓에 글자가 잘 보이지 않아 책을 읽기 전에 미리 준비하여 간 독서용 안경으로 바꿔 끼고, 책과의 거리도 체크하여 독서대의 경사를 맞추고 나면 드디어 책 읽을 준비가 끝나게 된다. 다음은 낭독을 하면서 청아하고 낭랑한 목소리를 유지하며 띄어 읽기와 숨 쉬는 타이밍, 정확한 발음을 하여야 하는데 그게 쉽지 않다. 잘 읽다가도 혀가 꼬이거나 호흡을 놓치거나 글자를 틀리게 읽으면 처음으로 돌아가서 다시 낭독을 해야 하니 여간 신경을 써야 하는 것이 아니다. 처음에는 수정에 수정을 더해 간신히 낭독을 마쳤으나 녹음 기능을 제대로 작동시키지 못해 새로 녹음한 경우도 종종 있었다. 시간이 흐르면서 시간당 낭독 분량도 늘어가고 많이 수정하지 않아도 녹음을 마칠 수 있게 되면서 점점 재미가 붙어가기 시작했다.

낭독을 하다 힘이 들거나 시간에 쫓기게 되면 자칫 소홀히 할 경우가 있다. 그럴 땐 내가 읽는 책을 듣게 될 분들에 대해 생각해 본다. 서로 얼굴은 모르지만 낭독 소리를 통해 나의 마음가짐이 오롯이 전달될 거란 생각에 다시금 흐트러진 마음을 다잡곤 하였다. 일 년 정도 참여를 하며 두 권의 책을 낭독하여 녹음하고 세 권째 낭독하다가 사정이 생겨 중단해야 했다. 어쩔 수 없이 봉사를 그만두면서 녹음을 끝내지 못한 책에 대한 미련이 많이 남았다. 언젠가 다시 시작하면 꼭 마무리를 하리라 생각하며 아쉬움을 달래본다.

학창시절에 책을 읽고 성인이 되어서는 직장생활이나 가정생활을 핑계로 책을 가까이하지 못하였다. 아이들이 대학에 진학하면서 시간적 여유가 생겨 그간 소홀히 하였던 책을 가까이하게 되었다. 책을 읽으면 직접 해보지 않은 많은 경험을 얻을 수 있고, 다른 사람들과 소통하며 그들의 생각과 지식을 공유할 수 있어 좋았다. 특히 책을 소리 내어 읽다 보면 눈으로 읽는 것보다 단어나 어휘 하나하나가 또렷이 다가와 글의 맛을 더 잘 느낄 수 있고, 어순이나 문장의 내용도 더 정확하게 파악이 되어 어색한 부분이나 잘못된 표현을 금방 알게 되는 좋은 점이 있다. 낭독 봉사를 한 후로는 글을 쓰고 나서 소리 내어 읽어보는 습관이 생겼다. 글을 소리 내어 읽어보는 것이 퇴고에 무척 도움이 된다는 사실도 알게 되었다.

누구를 위한다는 얕은 생각으로 시작한 낭독 봉사가 오히려 나를 책과 가까워지게 하여 주고, 책 읽기의 중요함을 알게 되는 계기가 되었으며, 책을 통해 사람과 소통하는 법을 배울 수 있게 해주었다. 시각장애인이 세상과 소통할 수 있는 가장 좋은 통로가 책읽기라고 하니 나의 작은 행동이 의미 있게 여겨지기도 했다. 오직 소리만으로 낭독자와 청취자가 서로를 이해하고 교류할 수 있는 낭독 봉사에 참여할 수 있어서 큰 행운이었다. 또 다른 세상에 눈뜨게 해 준 낭독봉사를 조만간 다시 시작할 수 있기를 고대해 본다.

part 2

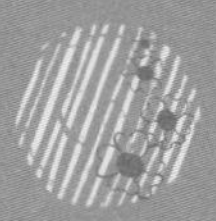

어릴 적 아버지에게 가장 많이 듣던 말은 밥을 꼭 챙겨 먹으라는 것이었다. 생활이 어려운 환경에서 밥을 잘 챙겨 먹는다는 것은 최소한의 자긍심이자 고단한 삶의 위안이라 생각하신 것 같았다. "지금 끼니를 놓치면 평생 그 끼니를 챙길 수 없으니 식사만은 꼭 해야 한다."는 말을 입버릇처럼 하셨다.

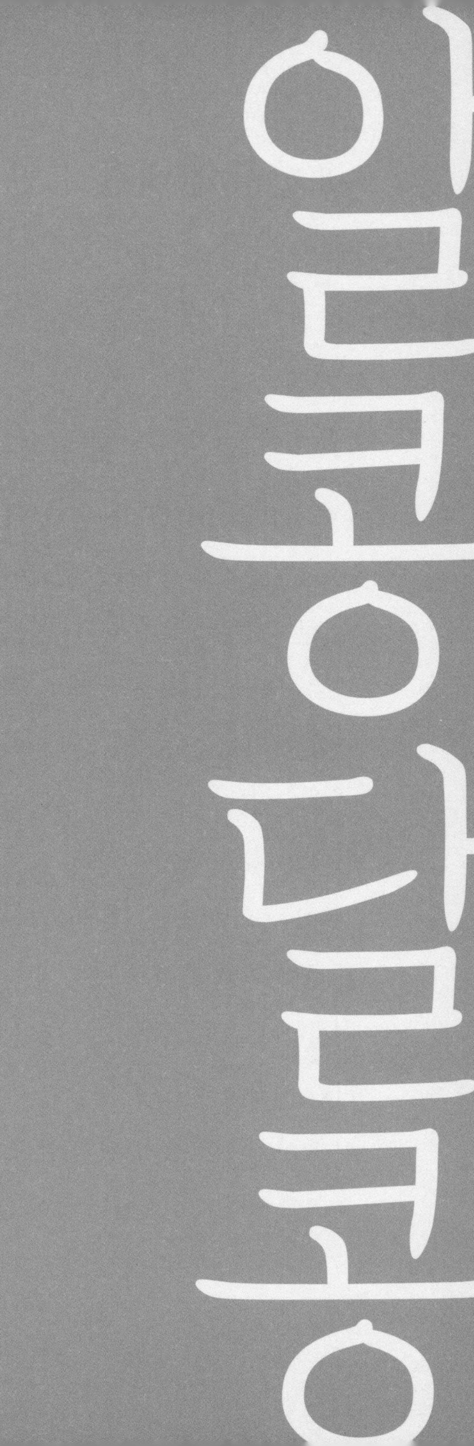

밥상에 대한 고민

* 네이버에서 QR코드를 검색해 보세요

아침밥을 굶었다. 무려 3일 동안 아침을 먹지 않고 출근을 했다. 아침밥을 먹지 않는다는 것은 지금껏 생각해 보지 못한 일이다. 신혼여행에 갔다 와서 출근을 하려고 아침 식탁에 앉으니 밥이 보이지 않았다. 식탁 위엔 토스트에서 갓 꺼낸 샌드위치와 딸기잼, 계란프라이, 우유 두 잔이 놓여 있었다. 식탁에 앉은 채로 멍하니 있는 나를 보고 아내는 어리둥절해하는 눈치였다. "밥은 어디 있어?", "이게 밥인데."

3일 연속 샌드위치를 마주하면서 아무것도 먹지 않은 채 출근을 했다. 신혼 초에 기 싸움이 시작된 것이다. 하루하루 지나면서 새신랑이 굶고 가는 것이 미안했는지 샌드위치와 밥을 같이 차리기 시작했다. 조금 미안한 마음은 있었지만 여기서 물러나면 평생 아침 밥상은 받지 못할 것 같은 마음에 모른 척 밥을 먹고 출근을 했다. "나는 밥과 국이 없으면 아침밥을 먹지 못해." 일주일쯤 지나자 아내가 샌드위치를 치우고 밥에 국을 준비하여 같이 먹기 시작했다. 이렇게 아침 밥상을 지키게 되었다.

어릴 적 아버지에게 가장 많이 듣던 말은 밥을 꼭 챙겨 먹으라는 것이었다. 생활이 어려운 환경에서 밥을 잘 챙겨 먹는다는 것은 최소한의 자긍심이자 고단한 삶의 위안이라 생각하신 것 같았다. "지금 끼니를 놓치면 평생 그 끼니를 챙길 수 없으니 식사만은 꼭 해야 한다."는 말을 입버릇처럼 하셨다. 그때만 해도 그런 아버지의 말씀이 씁쓸하기도 하고 애잔하다는 생각이었으나 어느새 세뇌가 되었던 것 같다. 군에 가서도, 객지 생활을 하면서도 절대 끼니만은 거르지 않았다. 그것도 꼭 밥과 함께 국이 있는 밥상을 고집하였다.

아내는 취직을 하고 객지에서 혼자 자취를 하면서 밥보다는 빵을 주식으로 하였던 것 같다. 지금도 밥보다는 빵과 떡을 더 좋아하는 것을 보면 원래 식성이었던 것이다. 나는 식성이 빵이나 떡은 아예 입에도 대지 않는 터라 신혼 초에 아내가 식사를 준비하는 어려움이 있었을 것이다. 그 후 아내가 떡과 빵을 잘 사지 않게 되면서 자연스럽게 먹을 기회도 없어지게 되었다. 아이들이 태어나면서 빵은 애들 핑계로라도 가끔 먹을 수 있었으나 떡은 아이들도 좋아하지 않아 그러지도 못하였다.

예전에는 백일이나 결혼식 잔칫집에 가면 상차림에 떡은 빠지지 않는 필수 요리였다. 상 위에 있는 떡을 보면 젓가락은 가지 않으면서도 아내의 얼굴이 떠오르곤 하였다. 한번은 망설이다 주인에게 떡을 좀 싸줄 수 있는지 물어보았다. 의아하게 쳐다보는 주인에게 아내가 떡을 좋아하는데 먹을 기회가 없어서 그런다고 하니 웃으면서 봉지에 떡을 싸주었다. 비닐봉투를 들고 돌아오는 길은 발걸음조차 가벼웠다. 떡을 받아 들고 무척 고마워하며 맛있게 먹는 모습을 보니 떡을 싸달라고 말할 때의 멋쩍은 마음과 쑥스러웠던 기억은 눈 녹듯 사라졌다. 그 후에는 잔칫집에 갈 때마다 떡을 싸오곤 하였다. 요즘에는 잔치 음식을 뷔페로 하다 보니 떡을 싸오기가 어렵게 되었다. 그렇게라도 좋아하는 떡을 먹을 수 있게 해주었던 소소한 행복마저 누리지 못하게 되어 안타까운 마음이다.

객지 생활을 많이 하면서 밥을 챙겨 먹는 일은 매번 고민되고 어려운 문제였다. 처음에는 호기롭게 밥을 해 먹겠다고 덤비곤 한다. 결코 오래 가지 못한다. 혼자 먹자고 밥솥에 밥을 하고 국도 끓이고 반찬을 챙겨 먹는다는 것도 쉽지 않고, 설령 먹는 것은 그렇다 하더라도 설거지는 정말 하기 싫다. 일주일을 넘기지 못하고 손을 든다. 무척 그럴싸한 변명거리를 만들어 합리화를 시키면서 끼니 모두를 사 먹기 시작한다. 이 정도의 세월이면 매끼니를 챙겨주는 사람의 수고로움을 알 만도 한데 집에만 돌아오면 밥상을 받은 것이 너무도 당연하다고 여기곤 했다.

나이가 들면서 건강에 대한 관심이 많아지기 시작했다. 운동도 많이 하지만 먹는 것에 대한 중요성도 인식하면서 뱃살의 주범인 탄수화물 덩어리로 알려진 밥에 대해 생각하게 되었다. 밥의 양을 조절하면서 식사로 꼭 밥을 먹어야 하는지에 대해 고민하기 시작한 것이다. 전원생활을 하면서 가끔 아내가 텃밭에서 채소를 뜯어 샐러드를 만들어주곤 한다. 막 뜯은 채소라서 신선하고 식감도 좋아서 맛있게 먹곤 하는데, 혹여 아내가 나의 말을 오해라도 할까 봐 맛있다는 말은 하지 않는다.

며칠 전엔 아내가 외국에 다녀오면서 올리브 오일을 사 왔다며 다양한 야채에 방울토마토, 바나나를 섞고, 그 위에 치즈와 아몬드를 얹고, 마지막으로 오일을 뿌려서 만든 샐러드와 직접 만든 블루베리 잼을 바른 유기농 식빵으로 식사를 준비해 주었다. 준비도 많이 해야 하고 손도 많이 가고 시간도 오래 걸렸다. 결코 밥과 국을 준비하는 것보다 쉬워 보이지 않았다. 오로지 나의 건강을 위해 준비해 준 것 같아 마음이 따뜻해졌다. 거기에 정말 맛있기까지 했다. 접시에 묻은 오일까지 식빵으로 싹싹 닦아 먹었다. 아내가 물끄러미 쳐다본다. 왜 맛있다는 말을 하지 않느냐고 묻는 듯했다.

"괜찮네." 나의 고민이 깊어진다.

#그림 같은 집

초록의 사과색이 덧입혀진 울타리엔 '자인당(自人堂)'이라는 명패가 있다. 아내가 '자연과 사람이 함께 머무는 곳'이라는 의미로 가명(家名)을 지어 가족과 함께 조촐한 현판식을 하고 걸어둔 것이다.

내가 살고 있는 집은 모악산 자락 아래 중인동 버스 종점에 자리 잡고 있다. 사계절의 변화를 온전히 느낄 수 있는 넓은 창을 가진 2층 집에 파란 잔디가 심어진 조그마한 마당이 있고, 마당 한쪽 구석엔 텃밭과 장독대가 자리하고 있는 소박한 우리 가족의 보금자리이다.

이곳에는 사랑하는 아내와 두 아들, 그리고 3년 전 큰애가 데리고 온 퍼그가 한 가족을 이루며 생활하고 있다. 퍼그가 처음 우리 집에 왔을 땐 가족들 모두가 알레르기가 있을 정도로 거부감이 많았으나 이제는 잠시라도 보이지 않으면 이리저리 찾아다니는 소중한 가족이 되었고, '창식'이라는 이름도 갖게 되며 자신만의 애교로 귀여움을 독차지하고 있다.

아직도 나에겐 어릴 적 온 가족이 함께 부대끼며 살았던 산동성이 언덕에 있던 집에 대한 기억이 선명하게 남아있다. 슬레이트 지붕에 블록 벽을 세워 지은 집은 대문이 함석으로 만들어져 바람이 불면 이리저리 흔들려 요란한 소리를 냈다. 집에 오르는 길은 경사가 심해 겨울철이나 짐을 날라야 할 때면 불평이 입에서 절로 나오곤 했던 낡고 허름한 곳이었다. 그래도 그맨 셋방을 전전하던 우리 가족이 처음으로 소유하게 된 집이라서 이사하던 날 부모님과 우리 형제들이 함께 즐거워했던 기억이 지금도 잊히지 않고 가슴에 남아있다.

그때만 해도 단열이라는 개념이 없던 시절이라 집이 너무 춥고 더웠던 기억, 날맹이에 있다 보니 물 사정이 좋지 않아 비가 오지 않으면 물을 길어 날라야 했던 기억, 연료라야 연탄과 석유가 전부여서 겨울이 다가오면 온 가족이 나서서 손수레에 연탄을 실어 나르던 기억, 눈이 조금이라도 내리면 내리막 빙판길에 넘어져 엉덩방아를 찧던 기억 등 고생한 일들이 생생하다. 어찌 이쁘이겠는가? 겹겹이 쌓인 아픔과 고단함이….

아이들이 커가면서 두 개이던 방이 부족하여 옆의 자투리땅에 방 한 칸을 들일 때는 나도 제법 커서 목수인 삼촌을 도와 벽돌도

쌓고 치수도 재고 지붕도 올리고 연탄보일러도 놓으면서 보조 역할을 톡톡히 하기도 했다. 오래된 부엌에 연기가 잘 빠지지 않아 고생하시는 어머니를 위해 제재소에 가서 나무도 사고, 철물점에서 플라스틱 지붕도 사서 일주일이 걸려 제법 그럴 듯한 부엌을 만들어 드렸던 뿌듯한 기억도 남아있다.

시간이 지나면 모든 것이 추억으로 변해 좋은 생각만 남게 된다고 하지만, 아직도 그때의 힘든 시간들은 아름다운 추억이기보다 현재를 살아가는 데 나를 지탱해 주는 유익한 경험으로 남아있다고 하는 편이 더 맞는 표현인 것 같다.

그래도 인간은 부정적인 것을 긍정적으로 변화시킬 수 있고 변화시키려고 노력하는 능력이 있는 것 같다. 우리 가족도 10년 넘는 오랜 시간을 그 집에서 힘겹게 살았음에도 우리의 과거를 이야기할 때면 언제나 그 집에 살았던 시간들을 떠올리며 그 시절을 아름다운 추억으로 회상하곤 한다.

높은 곳에 살다 보니, 전주시의 멋진 야경은 우리보다 더 많이 본 사람이 없을 거라든지, 야간 학습을 마치고 오는 자식이나 술 한잔하고 오시는 아버지를 기다리면서 마을 초입에 들어서는 자전거 불빛만 보고도 우리 가족임을 금세 알 수 있었다는 이야기는 추억담이 되었다.

이제 그 집은 잊을 수도 외면할 수도 없는 소중한 가족의 역사가 되었고, 나 또한 고단하고 힘겨웠던 그 집의 기억을 지금의 나의 모습에 대비하며 아름답고 행복했던 추억의 집으로 정화하는 과정을 거치고 있는 것인지도 모른다.

주말 아침에 게으름이라도 필 요량으로 따사로운 햇살을 맞으며 거실에 누워있다. 마당에는 빨갛게 익은 고추가 곱게 널려있고, 양지 바른 곳에는 건조대에 세탁물이 형형색색 선명한 빛깔로 걸려있다. 한쪽 텃밭에선 아내가 잡초도 뽑고 벌레도 잡으면서 무슨 큰일이라도 하는 것처럼 무아지경에 빠져있고, 두 아들은 퍼그를 따라 이리저리 바삐 뛰어다니는 모습이 보인다.

우리들은 유행가 가사처럼 '저 푸른 초원 위에 그림 같은 집을 짓고 사랑하는 우리 님과 한 백 년 살고 싶다'는 소망을 간직하고 살아간다.

그림 같은 집은 어떤 집일까? 이제 지천명을 지나 이순을 바라보는 나이가 되니 집이라는 게 외형의 모습이 아닌 가족들이 모여 서로 의지하고 격려하면서 하루하루 행복한 일상을 보내는 따뜻한 안식처라는 생각을 하게 된다.

자연과 사람이 머무는 자인당에서 나와 아내, 두 아들과 함께 '그림 같은 집'을 지어가고 싶다.

잔디에 대한 단상

아침에 일어나 마당에 나가 보니 검정색 가루들이 잔디 여기저기에 몇 군데 퍼져있었다. 처음에는 대수롭지 않게 여기고 사진을 찍어 인터넷으로 조회를 하였으나 정확한 이유를 알 수 없었다. 다음 날 일어나 보니 증상이 마당 전체로 번져 곳곳이 검정 가루를 뿌려놓은 것처럼 보였다.

잔디 있는 마당에 산 지가 5년이 넘었어도 한 번도 이런 일이 없던 터라 왜 그런 것이 생겼는지 궁금했다. 조경하는 사람이나 주택에 사는 사람에게 물어봐도 정확한 원인을 알지 못했다. 살충제를 사서 분무기에 넣고 마스크에 장갑까지 중무장을 하고 마당 곳곳에 방제를 하였어도 전혀 효과가 없었다.

노심초사 걱정만 하고 있는데 큰애가 여기저기 알아보더니 잿빛 곰팡이 병이라고 했다. 저온에 습한 날씨가 오래 지속되면 생기는 병으로 특별한 해는 없고 그냥 두면 없어진다고 했다. 아마 여름 장마가 일찍 시작되어 오래 지속되다 보니 생겼나 보다. 또 한 번 잔디 깔린 마당을 가진 전원생활의 어려움이 지나간 것이다.

잔디 있는 마당을 가지고 있다는 것은 주택에 사는 사람들의 로망이라고 할 수 있다. 처음 집을 지을 때에는 전원생활을 하니 마당에 잔디를 깔아야 한다는 것은 너무도 당연하게 여겨져서 아무런 망설임도 없이 잔디를 심었다. 그런데 입주를 하고 동네를 산책하며 보니 다른 집들은 잔디가 있는 집이 거의 없었다. 주택에 살면서 왜 잔디를 심지 않고 시멘트로 마당을 덮었는지를 이해하는 데는 그리 오랜 시간이 필요하지 않았다.

집을 짓고 입주한 첫해에 지네가 나타나기 시작했다. 현관 앞에도 있고 신발장에도 나타나고 심지어 거실에까지 나타나서 아내는 거의 기절 직전까지 가곤 했다. 언제 지네가 나타날지 몰라 전전긍긍하다 보니 노이로제에 걸릴 지경이었다. 인터넷에 확인하여 보니 전원생활을 하기 시작한 사람들에게 지네의 출현은 누구나 거쳐야 하는 통과의례와 같은 문제였다. 이미 겪어본 많은 사람들의 조언대로 지네 퇴치 약을 구해 집 둘레로 꼼꼼히 뿌렸다. 이듬해까지 정기적으로 몇 회 뿌리자 지네는 더 이상 나타나지 않았다.

지네를 물리치고 나니 잔디와의 전쟁이 시작되었다. 낫질은 배우지 못했고 엄두도 나지 않아 충전식 예초기를 구입해서 잔디 깎기를 주기적으로 해주어야 했다. 난생 처음 예초기를 메고 잔디를 깎고 나니 밥 먹을 때 숟가락 들기도 어려웠다. 장마철에 비라도 내리기 시작하면 잔디 크는 모습이 눈으로 보일 정도로 쑥쑥 자랐다. 조금이라도 게으름을 피울 요량이면 마당 가득 잔디로 뒤덮이기 일쑤였다. 한 해 두 해 지나면서 예초기 다루는 솜씨도 늘고, 잔디 깎는 요령도 생겨서 해 뜨기 전이나 해가 지고 나서 한 시간 정도면 힘들이지 않고 깎을 수 있게 되었다. 모든 건 시간이 지나면 해결된다는 사실을 알게 되고 이제 잔디로 인한 문제는 더 이상 없을 거라 생각했는데, 올해부터는 잔디가 아닌 풀들이 마당을 점령하기 시작했다. 어디서 날아왔는지 풀이 군데군데 나기 시작하면서 논에 피가 올라온 것처럼 보기에 영 좋지 않았다. 동네 사람들이 이른 봄에 제초제를 뿌려주면 잔디를 제외한 풀은 나지 않는다고 알려주었다. 내년부터는 미리 제초제를 챙겨야겠다고 마음먹고 올해는 어쩔 수 없이 손으로 풀을 뽑으며 전원생활의 로망을 지키려 애를 쓰고 있던 터였다.

설상가상으로 곰팡이까지 생겨 한차례 소란을 치르다 보니 잔디에 대해 고민을 하게 되었다. 이젠 나도 잔디를 관리한다는 것이 어렵다는 사실을 인정하고 동네 사람들처럼 잔디를 포기하고 시멘트를 바를까 하는 생각을 하게 된 것이다.

아내는 반대라고 했다. 전원생활을 하면서 잔디를 밟아보는 재미가 없으면 큰 즐거움을 잃게 될 거라고 했다. 우리 가족이 아침에 일어나면 가장 먼저 마당에 나가는 것이 일상이 되었다. 초록의 싱그러운 잔디가 깔린 마당을 걷는 것만으로 하루의 시작이 상쾌하고 기분이 좋아진다. 더욱이 잔디라도 깎은 다음 날이면 이발을 한 것처럼 단정하고 깔끔한 모습에 잔디만이 가지고 있는 매력에 빠지곤 한다.

아내는 아침이면 꽃과 나무에 물을 주면서 간밤에 변한 모습을 일일이 살펴보며 말을 건다. 어제는 없던 새순이 나왔다느니, 봉우리가 활짝 꽃망울을 터트렸다느니, 뿌리가 적어서 죽을 줄 알았는데 대견하게 잘 버티고 있다느니, 올해 첫 다래가 열렸다느니, 옆에 나무가 너무 커지고 있으니 내년에는 옮겨주어야겠다느니, 이렇게 조그만 나무에서 어떻게 이런 예쁜 꽃을 피웠는지 모르겠다며 연신 감탄과 칭찬이 끝이 없다. 기다리다 지친 내가 출근을 해야 한다고 한마디 한다. 그제야 아내는 출근 시간이라는 사실을 깨닫고 달려 들어온다.

잔디가 있는 마당은 모임의 장소로 더없이 좋다. 특별한 날에 가족 모임이나 친척 모임, 친구들의 모임이라도 해야 하면 다른 곳에 갈 필요가 없다. 잔디 위에 테이블과 의자를 배치하고, 테이블 위엔 하얀 종이를 깔고, 텃밭에서 바로 뜯은 채소로 샐러드를 만들고, 저온창고에서 가져온 고구마와 호박을 삶아내고, 한쪽 바비큐그릴에선 삼겹살이 익어가고, 거기에 아내가 빚어 만든 막걸리까지 곁들이면 왕후장상의 밥상이 부럽지 않게 된다.

주말 아침이면 잔디 마당에서 마시는 커피 한 잔도 빼놓을 수 없는 행복이다. 마당 가득 흐르는 음악을 들으며 바쁜 일상에 놓친 이야기들을 서로 나누다 보면 한나절 시간 가는 것도 금방이다. 애완견 창식이도 간만에 우리와 함께하며 이리저리 정신없이 뛰어다닌다. 창식이 놀이터로도 너무 소중한 곳이다.

요즘엔 글을 쓰다가 막히면 마당으로 나가 잔디를 밟으며 거닌다. 하늘을 올려다보며 흘러가는 구름도 보고, 멀리 모악산 자락도 쳐다보고, 전신주의 새들 노래 소리를 듣다 보면 생각이 정리되어 다시 글을 쓸 수 있게 된다. 나에게도 사유의 공간으로 이만 한 곳이 없을 듯하다.

사람은 가끔 선택을 해야 할 때가 있다. 하나를 얻으면 하나는 손해를 봐야 한다. 처음 주택을 지으며 잔디를 심었던 마음으로 다시 돌아가 본다. 선택의 고민이 없어졌다. 앞으로도 가끔 고민은 하겠지만 결국 똑같은 선택을 할 것이다.

첫사랑, 그녀

자정을 넘긴 시각에 서울구치소의 육중한 문이 열리고 한 처자가 어리둥절한 표정을 지으며 걸어 나왔다. 윤기 나는 머리카락은 뒤로 가지런히 묶여있고, 단정하게 제복을 입은 환한 모습은 멀리서도 한눈에 그녀임을 알 수 있었다.

그녀를 처음 만난 건 1992년 겨울, 서울 석계역 부근의 2층 커피숍이었다. 아는 고향 후배가 경주에서 올라온 그녀와 전주에서 올라온 내가 객지에서 외롭게 지내는 것이 안되어 보였는지 친구처럼 지내라고 소개하여 준 것이 인연이 되어 몇 차례 만나서 데이트라는 것을 하였다.

당시만 해도 아직 서울 생활에 익숙하지 않은 상태이고 그녀는 경기도 의왕시에 살고, 나는 서울 노원구에 살다 보니 만나러 가는 시간만도 2시간이 넘게 걸려 만남은 뜸해지게 되었다.

그렇게 연락이 끊긴 지 1년이 되어갈 무렵 뜬금없이 그녀로부터 전화가 왔다. 내심 보고도 싶고 궁금하기도 하던 차에 주저함이 없이 만나자고 하여 동대문구에 있는 족발 골목에서 다시 만나면서 인연의 끈이 이어져 가게 되었다.

후에 들은 말이지만 그녀가 나와 연락이 뜸해지고 내 명함도 없앨 생각에 찢으려고 하는데 찢기지 않아서 책상 서랍에 던져 두었다고 했다. 한참이 지나 서랍을 보다가 명함을 발견하고 혹시 하는 마음에 전화를 한 것이 다시 만나게 된 계기가 되었다. 당시 임용이 되고 첫 발령이라며 선배님이 기념으로 비닐 코팅이 된 고급 명함을 만들어주었는데 쉽게 찢기지 않은 명함이 우리 인연을 묶어준 셈이다.

다시 만나서인지 그녀에 대한 애틋한 사랑의 감정은 급속히 커져갔고, 매일매일 만나지 않으면 안 될 정도로 정이 들어가고 있었다. 그녀는 구치소에 근무하고 있어서 야간 근무를 하게 되면 연락도 할 수 없고 만날 수도 없는데, 하루는 너무 보고 싶은 마음에 감정을 절제하지 못하고 결국 사고를 치게 되었다.

자정이 되어 택시를 타고 무작정 서울구치소로 향했다. 택시를 타고 가는 동안 기사 아저씨는 한밤중에 구치소로 가자는 사연이 궁금했던지 나를 자꾸 힐끗힐끗 보더니 결국엔 못 참겠는지 단도직입으로 물어왔다. 대충 구치소를 찾아가는 이유를 알려드리자 젊으니까 좋다는 용기의 말을 해주면서도 못 만날 가능성이 크다는 걱정도 잊지 않으셨다.

구치소 정문 앞에 서니 사람 한 명 없이 주변은 고요하고 철문은 굳게 닫혀 있어 어찌해야 할지 막막한 마음에 한참을 그 앞에 서있었다.

그래도 여기까지 왔으니 뭐라도 시도는 해봐야겠다는 생각으로 정문에 가서 쪽문에 달린 조그만 유리창을 두드렸으나 아무런 기척이 없었다. 한참 지난 후에 제복을 입은 직원이 유리창을 열고 누군데 밤중에 구치소에 와서 시끄럽게 하느냐며 왜 왔는지 경위를 물어왔다.

서울구치소에 근무하는 직원 중에 사랑하는 사람이 있는데 꼭 보고 싶어 서울에서 왔다고 하면서 간곡하게 부탁을 했다. 처음에는 절대 안 된다고 하더니 시간이 흐르면서 나의 간절한 마음이 통했는지 상황실에 한번 물어보겠다고 하였다.

한참이 지나서 그녀와 나는 서울구치소의 정문 앞 가로등 불빛 아래에서 극적으로 만나게 되었다. 그때는 너무 감동스럽고 세상에 우리 둘만이 연애를 하는 것 같은 행복함이 가득했다. 누군가 이 모습을 보았다면 남들 못 하는 연애나 하는 것처럼 요란을 피운다며 핀잔을 받을 꼴불견이었다는 생각에 지금도 그때를 생각하면 민망하다.

그녀의 손을 잡고 한참을 걸었다. 둑방 아래 벤치에 앉아 미리 가지고 간 캔 커피를 함께 마셨다. 의왕시만 하여도 외곽이라서 밤하늘의 별이 유난히 밝고 많았다. 보고 싶어 가는 길엔 만나서 할 말이 많았는데 막상 얼굴을 보는 순간 어떤 말도 생각나지 않고, 굳이 어떤 말을 하지 않아도 그저 손을 잡고 곁에 앉아있는 것만으로도 내가 하고 싶은 말들이 전해지고 있음을 느낄 수 있었다.

그날 이후 그녀에게는 많은 변화가 생겼다고 했다. 당시 꽃다운 스물네 살의 나이에 임용이 되어 미혼 남자 직원들의 관심 속에 인기도 높아지고, 상사 분들의 소개팅도 받으며 주가가 막 올라가고 있었다고 한다. 한밤중의 방문객 사건이 삽시간에 모든 직원들에게 알려지면서 결혼할 사람이 있는 품절녀로 인식되어 연애 한 번 제대로 하지 못하였다는 말을 할 때면 아직도 못내 억울해하는 표정을 짓곤 한다.

요즘에도 TV를 통해 서울구치소의 모습이 보이면 그때의 일이 어제 일처럼 선명하게 떠오르며 나만의 아름다운 추억 속으로 빠져든다. 그럴 때면 아내의 손을 잡고 동네를 거닐며 서울구치소의 밤하늘을 그려보곤 한다. 이젠 아내의 억울함을 풀어주기 위해 나의 속내를 보여야 할 것 같다.

커피 내리는 아침

눈을 뜬다, 한쪽 눈만. 그것도 눈썹이 서로 닿을 정도로 가느다란 실눈을 떠본다. 두 눈을 뜨면 숙면의 달콤함이 도망칠 것 같은 아쉬움이 묻어있다. 아직 창문으로 새벽의 여명이 들어오지 않은 시간인지 방은 어둠에 갇혀있다.

'제발' 하는 심정으로 고개를 돌려 화장대 위의 시계를 본다. 아직 잠자리에서 버티기에 괜찮은 시간이다. 다시 잠을 청해본다. 정확히 말하면 잠을 자고 싶은 게 아니라 소위 게으름이란 걸 만끽하고 싶은 것이다.

곁에 있는 아내를 본다. 아직 꿈속에 빠져있는 것처럼 보인다. 나보다 먼저 잠에서 깨어 자는 척을 하며 일어나기를 거부하고 있는지도 모르겠다. 무엇과도 바꾸고 싶지 않은 잠자리의 달콤함에서 빠져나오기를 주저하는 심정인지도 모른다. 오늘만큼은 어둠에서 깨어나는 세상처럼 아내의 몸과 마음이 자연스레 깨어

날 때까지 조용히 기다리기로 한다.

고개를 돌려 다시 아내의 얼굴을 본다. 어슴푸레 밝아오는 시간의 흐름처럼 세월의 흐름이 고스란히 담겨있다. 아내가 깰 때까지 그대로 누워있다. 방 안 가득 햇살이 들어오면 아내도 더 이상은 버틸 수 없다는 듯 아쉬움을 뒤로하고 일어난다. 나도 그제야 잠에서 깨어난다.

아내의 아침은 항상 바쁘다. 집안 곳곳의 커튼을 젖히고 창문을 열어 집 안으로 햇살을 초대한다. 데크로 나가 꼬리를 살랑거리는 창식이와 살갑게 인사하고 식사와 간식을 차려준다. 나보다 먼저 식사를 챙겨주는 걸 보면 서열이 나보다 빠른 게 확실하다.

아내는 오랫동안 해오던 익숙함으로 세탁기를 돌리고 음식물 쓰레기통도 밖에 내놓고 여기저기 전날의 잔해들을 빠르게 정리해 간다. 시간이 흐르면서 아내의 말이 점점 사라져간다. 이쯤 되면 나도 가만히 있으면 큰일 난다.

가장 경계해야 할 때는 아내의 말수가 적어지기 시작할 때이다. 나는 잽싸게 가장 손쉽고 표가 날 만한 일거리를 찾는다. 청소기를 꺼내 우렁찬 모터 소리를 내며 집안 구석구석을 돌아다닌다. 아내는 환한 모습으로 모처럼 주말인데 쉬지도 못하고 애쓴다고 한다. 한참을 서대다 아직 아침 식사도 못 한 공복이라는 사실을 깨닫게 될 즈음에 식탁에 둘만의 조촐한 성찬이 준비된다.

커피콩을 갈아 커피를 내리는 일은 언제나 나의 몫이다. 내가 내린 커피 향이 훨씬 좋다는 한마디에 평생 바리스타를 자처하게 된 것이다. 데크에 자리를 잡고 이런 때만큼은 들어줘야 할 것 같은 클래식 음악도 준비하여 둘만의 카페를 만든다. 둘 사이에 커피향 가득한 토요일의 아침이 흘러간다.

토요일 오전의 시간을 둘이 함께하기 시작한 것이 그리 오래된 것은 아니다. 최근까지는 애들이 대입이라는 치열한 과정에 있어서 토요일도 무척 바빴다. 애들이 대학에 가면서 부부만의 시간이 많아졌다. 철없는 남편은 이때다 싶었는지 토요일을 자신의 취미시간으로 챙겨버렸다.

매주 토요일이면 새벽 여섯 시에 일어나 씻고 옷을 챙겨 입고 준비물을 가지고 집을 나선다. 아내는 그런 남편을 위해 뭐라도 요기를 하고 가라면서 나가는 남편을 따라 나와 조심히 다녀오라는 인사와 함께 손에 요거트를 쥐여주곤 한다. 남편은 토요일까지 자기 계발을 위해 뭔가 열심히 사는 자신을 대견해하며 별다른 생각 없이 다른 곳에서 새로운 기쁨을 즐기곤 했다. 가끔이지만 아침 식사까지 하고 오는 날이면 아내는 이미 정리를 마치고 일상을 따라 한참을 바쁘게 달려가고 있었다. 조금 미안해도 나의 발전이 가족의 발전을 위한 것이니 아내도 당연히 좋아하리라 생각했다.

일 년 정도가 지나서 목 디스크 증상이 생겨 병원에 다니기 시작했다. 직장 때문에 토요일만 치료가 가능했다. 아내는 매주 진료 예약을 잡고 저녁이면 디스크 치료에 좋은 마사지를 하여 주며 정성껏 돌봐주었다. 토요일에는 일찍 일어나서 대충 정리를 하고 아침 식사도 영양식으로 준비해 주었다. 죽을병도 아닌데 항상 직접 운전을 해서 병원에도 동행해 주었다. 극진한 보살핌으로 두 달 정도가 지나면서 증상이 호전되기 시작했다.

하루는 병원 진료를 마치고 카페에서 커피를 같이 마셨다. 증상이 호전되어 이제 병원에 가지 않아도 될 것 같다고 하였다. 아내는 증상이 좋아져서 좋다고 하면서도 마냥 좋아하는 눈치가 아니었다.

내가 아프기는 하였지만 두 달 동안 토요일마다 나와 같이 일어나서 나를 위한 아침 식사 준비도 하고 병원에도 같이 다니고, 진료 후에는 산책도 하고 커피도 마셨던 것이 너무 좋았다고 하였다. 이제 그러지 못할 것 같아서 아쉽다고도 했다. 나는 무언가에 얻어맞은 것처럼 한동안 아무 말도 하지 못했다. 뭔가 해야만 열심히 사는 것이 아닌, 가끔은 아무것도 하지 않는 것이 더 행복하게 사는 것이라는 사실을 몰랐던 것이다.

이제 토요일만큼은 나만의 취미생활을 하지 않는다. 아프리카 속담에 "빨리 가려면 혼자 가고, 멀리 가려면 함께 가라."는 말도 있지 않는가. 평생을 같이 가야 하는 길은 혼자 빨리 간다고 행복한 것이 아니라는 걸 알게 된 것이다.

가족

내 이름은 '창식'이다. 나를 별로 예뻐하지 않지만 그래도 필요한 것은 잘 챙겨주는 아빠, 나를 가장 사랑해 주고 항상 말을 걸어주는 엄마, 나를 데려와 식구로 만들어주고 친동생처럼 아껴주는 큰형, 뭐가 바쁜지 자기 시간 날 때만 가끔 귀여워해 주는 작은형, 이렇게 네 명과 같이 산다.

오래전의 일이라 어린 시절에 대한 기억은 정확하지 않지만 이 집에 올 때만 하여도 따뜻한 큰형 방에서 같이 생활했던 것 같다. 그 후 연유는 알 수 없으나 방에서 쫓겨나서 새로 내 집이 마련되고 지금은 그 집에서 혼자 살고 있다.

집은 예전 방보다 춥고 비좁아 대궐에 살다가 사글세 집으로 쫓겨난 것 같지만, 그래도 실내에만 갇혀 지내야 했던 방에 비해 주변의 경치를 마주할 수 있는 바깥 생활도 나름 좋은 면이 있다. 맑은 하늘 처마 밑에 자리하여 사시사철 계절의 변화를 느끼며 감상에 젖기에 좋고, 넓고 푸른 잔디가 깔려 마음대로 뛰놀 수 있는 나의 전용 놀이터인 마당도 있고, 수시로 동네를 돌아다니는 친구들이나 어른들의 일상 모습에 심심하지도 않다.

내가 가장 좋아하는 가족은 단연 엄마이다. 항상 해가 뜨기도 전에 나에게 아침 인사를 해주며 잠을 깨워주기도 하고, 끼니도 챙겨주고, 가끔은 아빠 눈을 피해 맛있는 간식도 주고, 아플까 봐 예방약도 빠지지 않고 먹여준다.

엄마의 나에 대한 사랑은 대단하다. 내가 가족이 되고 얼마 되지 않아서 다리가 골절이 되어 수술을 받아야 할 때가 있었다. 아빠는 잠시 망설이는 것 같았으나 엄마는 주저함이 없이 수술을 받게 하고 극진히 간호를 해주었다. 그 덕분에 지금 잔디를 밟으며 마음껏 뛰놀기도 하고 아빠를 따라 먼 거리를 산책도 할 수 있다. 그런 엄마를 위해 외출 후에 돌아오면 달려들어 반가움도 표하고, 엄마가 텃밭과 꽃밭을 가꾸기 위해 마당에 나오면 따뜻한 햇살의 나른함도 포기하고 항상 옆 자리를 지키며 재롱도 피우고 귀여움도 떤다. 그것이 내가 엄마를 위해 할 수 있는 유일한 효도라 생각해서 한시도 게을리하지 않는다.

두 번째로 내가 좋아하는 사람은… 조금 고민이 된다. 아빠는 좀 쌀쌀맞지만 보호자로서의 책임을 다해주고, 큰형은 살갑기는 한데 바빠서인지 게을러서인지 잘 챙겨주지 않는다. 그래도 나에게 두 번째는 큰형이다.

나를 데려와 지금의 호사를 누릴 수 있는 가족이 되게 해주었으니 고마운 마음을 잊을 수 없다. 큰형은 야행성이라 대부분 늦은 시간에 들어온다. 늦게까지 기다리면서 나의 도리를 다하고 싶지만 잠이 많기도 하고, 혹여 깨어있어 의무감으로 달려가 귀여움이라도 떨 요량이면 그냥 쓱 들어가 버려 뻘쭘하니 마당에 남겨지다 보니 이제는 부르지 않으면 마중을 나가지 않는다. 그래도 큰형은 나에 대한 책임감 때문인지 수시로 건강도 챙겨주고 목욕도 시켜주며 잠자리에도 꽤 신경을 써준다.

세 번째 서열은 아빠다. 아빠는 처음부터 나를 반겨하지 않았고 지금도 나에 대한 아빠의 마음은 잘 모르겠다. 내 식사나 간식을 챙겨주거나 집을 수리하여 주는 일도 엄마의 성화가 아니면 하지 않는다. 아직은 아빠가 경제 활동도 하고 있고 가족들의 존경을 받고 있어 가정에서 상당한 영향력이 있다. 그래서 나도 조금이라도 잘 보이려고 기회가 있을 때마다 달려들어 매달리기도 하고 장난도 쳐보지만 시큰둥해한다.

나는 아빠가 들어올 때까지는 아무리 피곤해도 절대 잠을 자지 않으려고 한다. 따뜻한 담요에 피곤한 몸을 쉬고 있다가도 아빠가 오는 소리가 나면 망설임 없이 자리를 박차고 뛰어나가 재롱도 피우고 안으로 들어갈 때까지 아쉬운 표정을 지으며 뒤따라간다. 그게 나의 살길이기도 하고 가족의 일원으로 아빠에 대한 존중과 작은 보답이라고 생각한다.

아빠는 특별한 일이 없는 한 비가 오나 눈이 오나 나를 데리고 운동을 시켜준다. 평일은 가볍게 동네 한 바퀴를 돌고 주말이면 둘레길을 따라 상당히 먼 거리를 함께해 준다. 일주일 내내 주로 마당에만 있는 나를 기분전환시켜 주려는 마음이 크겠지만, 아마 내가 뚱뚱해지면 다리 골절이 도질까 봐 하는 돈 걱정도 있는 것 같다.

내가 별로 신경을 쓰지 않는 작은형이 있다. 작은형은 여자 친구가 생겨서 나는 안중에도 없는 것 같다. 작은형이 마당에 나오면 반가움에 달려들지만 등을 돌리고 여자친구와 속닥속닥 전화하기만 바쁘다. 처음 이 집에 왔을 때만 해도 나를 예뻐해 주었는데 여자친구가 생기고 나서부터는 나에게 별 관심이 없다.

가끔 여자친구에게 멋져 보이고 싶어 나의 귀여운 모습이나 나를 데리고 산책하는 척하는 사진이 필요하면 사정을 하곤 한다. 그럴 땐 한두 번 거절하다 마지못한 표정으로 한두 컷 잘생긴 모습을 찍도록 허락해 주곤 하는데, 내 사진을 구하고 나면 언제 그랬냐는 듯 다시 무관심해진다.

그래도 괜찮다. 지금은 여자친구에 빠져서 그렇지 시간이 지나면 다시 눈길 줄 날이 있을 것이라 기다려 보기로 했다.

나는 이제 네 살이 되었다. 방에서 쫓겨나 바깥 집에서 혼자 긴긴 밤을 보내고, 평일에는 혼자 집에 남아 하루 종일 할 일 없이 여기저기 기웃거리다가 이도 지칠 때면 내 신세가 서럽기도 하고 가족에게 서운하기도 하다. 주말에는 나만 빼고 가족이 모여 뭔가 맛있는 것을 먹으면서 웃고 떠드는 모습을 창 너머로 보고 있으면 함께하지 못하는 내 모습이 초라하면서도 가족들이 행복해하는 모습에 대리 만족이라도 해보곤 한다.

나는 분가를 하여 새로운 가족을 꾸릴 수 없다. 태어나서 이 집에 오기 전에 나는 번식력을 잃어버렸다.

가족들은 나를 어떻게 생각할까. 매일 할 일 없이 먹고 누기만 하면서 하루 종일 어슬렁거리다가 햇볕 좋은 난간에서 늘어지게 잠만 자는 개 팔자라고 할지도 모르겠다. 그건 내가 가족들의 마음을 잘 모르듯이 가족도 나의 마음을 모르고 하는 말이다.

나만의 마지막 자존심인 애완견으로의 모습을 지키기 위해 밤낮으로 노력하고 무던히 애쓰고 있다는 사실만은 우리 가족이 알아주었으면 좋겠다. 애완견도 아니고 마당 개도 아닌 어중간한 나의 위치에도 불구하고 끝까지 가족의 일원으로 남아있기를 간절히 바라는 마음이다. 나의 가족은 이 네 명이 전부이다.

아내가 있는 집

아내와 떨어져 혼자 살 수 있는 집이 있다면 어떨까 생각해 본다. 특히 아내와 싸우고 나서 불편함과 어색함에 잠시 떨어져 있고 싶어도 마땅히 갈 곳이 없을 때는 그런 생각이 더 절실해진다. 아내의 잔소리가 없는 공간에서 소파에 마음대로 누워도 있어보고, 술 먹고 늦어도 눈치 볼 필요도 없고, 늦게 일어나도 혼나지 않는 그런 집, 생각만 해도 근사하다.

새로운 근무처로 오면서 관사 생활을 하기 시작했다. 거리상으로 보면 딱히 관사에 있지 않고 출퇴근을 해도 되지만 이번에는 관사 생활을 해보고 싶었다. 통근버스를 이용할 수도 있지만 그러다 보면 직원들보다 먼저 퇴근을 하거나 늦게 출근을 해야 해서 미안하기도 하고 시간에 쫓기다 보면 업무에 충실하기도 어렵고 책임감도 떨어질 것 같았다. 그렇다고 차량을 운전하고 다니려니 야근이나 회식이 있는 날은 여간 불편한 일이 아닐 것 같았다. 무엇보다도 이번에는 직원들과 좀 더 생활하며 소통하고 싶은 마음도 많았다.

발령을 받고 아내에게 내가 관사 생활을 하면 어떻겠냐고 물으니 조금의 망설임도 없이 흔쾌히 그러라고 했다. 이건 뭐지? 그렇지 않아도 관사 생활을 할 마음을 가지고는 있었지만, 안 된다며 집에서 다녀야 한다고 잡을 줄 알았는데 약간 서운했다. 그래도 이미 말도 꺼냈고 한번 해보고도 싶어 주중에 한두 번 정도만 관사를 이용할 요량으로 이불과 약간의 생활 도구만 챙기려고 했다. 곁에 있던 아내는 괜찮다는 나를 한사코 도와주겠다며 이것저것 짐을 싸서 차량 뒷좌석과 트렁크까지 빈틈없이 실었다. 아내의 적극적인(?) 도움으로 냉장고에는 한 달 동안 먹기에 충분한 반찬이 쌓였고, 라면이며 생수며 속옷이며 생활용품들이 이재민의 숙소처럼 가득 넘쳤다. 웃어야 할지 울어야 할지 모르는 애매한 심정으로 관사 생활이 시작되었다.

관사 생활은 이번이 처음은 아니다. 전국 5개 도시에서 6년 넘게 객지 생활을 했으니 익숙해 있는 편이었다. 강릉에서의 객지 생활은 시작부터 우여곡절에 마음고생도 하였고 전주로 다시 오기까지 청주를 거쳐 3년이란 세월이 걸렸으니 그 고생은 이루 말할 수가 없었다. 처음 강릉에 가서는 멀리까지 온 것에 대한 불만으로 화도 나고 생활도 아직 익숙하지 않은 탓에 불면증에 시달리면서 상당 기간 경포호수의 새벽을 가르며 객지 생활의 외로움을 달래곤 했다. 바로 전주로 오지 못하고 청주를 거치면서 시내를 가로질러 흐르는 무심천은 이것도 팔자려니 체념하며 마음 비우는 훈련을 하기에 적합한 장소가 되었다. 그 후 어지간한 일로는 화를 내지 않게 된 것이 강릉과 청주에서 지내면서 터득한 마음 비우기 덕분이 아닌가 싶다.

그때는 가족과 떨어져 지내는 것이 왜 그리 힘들고 싫었는지 모르겠다. 토요일에 와서 잠시 가족과 지내다가 일요일이 되어 다시 근무지로 가야 할 시간이 되면 정말 헤어지기 싫고 집을 떠나기가 싫었다. 그렇다고 집에 와있어도 딱히 아내를 위해 집안일을 해주거나 아이들과 같이 놀아주는 것도 아니었다. 아마 아이들도 어린데 아내 혼자 살림과 육아를 고스란히 감당하는 모습에 미안한 마음도 들고, 직장 때문에 어쩔 수 없이 떨어져 지내야 하는 사실이 나를 힘들게 했던 것 같다.

아내에게 속내를 말하지는 않았지만 이번에 관사 생활을 하기로 마음먹은 진짜 이유는 아내에게 시간을 주고 싶어서였다. 그동안 나와 아이들의 뒤치다꺼리를 하며 집안일까지 도맡아 하다 보니 결혼 생활 동안 한시도 자신의 시간은 없었다. 마침 애들도 현장 실습과 군대 생활로 집에 없으니 나만 독립하면 된다는 생각이 들었다. 아내에게 진정한 자유의 시간을 주고 싶었다. 나도 그간 어쩔 수 없는 상황에서 했던 관사 생활이 아닌 나의 선택에 의한 관사 생활을 하고 싶은 마음도 있었었다.

아내가 있는 집과 아내가 없는 집의 이중생활을 한 지도 1년이 되어간다. 군산에 혼자 있으면 간단한 식사 후에 나만의 시간이 주어진다. 동호회 활동을 하며 좋아하는 기타를 치거나 운동복을 차려입고 금강하구 둑으로 자전거를 타러 가기도 하고, 커피숍 한쪽 구석에 앉아서 노트북에 글도 쓰곤 한다. 자는 시간도 마음대로 정해서 할 수 있고, 아침에도 시간적인 여유가 있어서 조금 늦게 일어날 수도 있다. 매일 장거리 운전을 하지 않아도 되니 피곤함도 덜하고 운전의 부담도 적다. 더욱 좋은 건 직원들과 회식을 하거나 멀리서 친구들이 찾아와서 늦게까지 술자리를 하여도 다음 날 음주운전의 부담이나 출근의 걱정이 없다는 점이다. 한번은 아내와 다투고 옷가지를 챙겨 군산으로 온 적도 있었다. 부부싸움은 칼로 물 베기라는 말처럼 금방 화해를 하였지만 잠시라도 도피처가 있다는 사실이 철부지처럼 좋기도 하였다.

모든 게 완벽한 것 같은데 뭔가 허전했다. 이틀 정도 집에 가지 않고 3일째가 되면 안절부절못하고 하루 종일 불안하다. 오후가 되면 도저히 참지 못하고 슬그머니 아내에게 전화를 한다. 딱히 용건도 없이 별일 없냐느니, 필요한 게 없냐느니 물어본다. 그럴 때면 아내는 군산에서 별일이 없으면 집에 오라고 한다. 아내의 말이 끝나기도 전에, "당신이 심심해서 그러지?" 한다. 아내는 웃으며 그런다며 와서 놀아달라고 한다.

옷가지를 챙겨 집에 가는 길은 활기차다. 진수성찬은 아니어도 김이 모락모락 나는 새로 지은 밥에 내가 좋아하는 아욱국과 된장찌개, 계란프라이로 정성 들여 차려진 밥상이 기다리고 있다. 단둘이 오붓한 식사를 마치고 체련공원으로 산책 겸 운동을 간다. 아내는 시를 외우고 나는 노래를 부르며 달빛 아래를 거닌다. 얼굴 마사지에 팩까지 호사를 마치면 잠자리에 든다. 몇 달이나 떨어져 있었던 것처럼 그간 있었던 일들을 풀어내는 아내의 목소리를 자장가 삼아 잠을 청한다.

다시 출근을 위해 군산으로 향한다. 창문을 내리고 신선한 아침 공기와 막 퍼지기 시작한 햇살을 차 안에 가득 담고, 콧노래를 흥얼거리며 전군가도를 신나게 달린다. 아무리 지치고 힘들어도 아내 곁에서 하루만 쉬고 나면 충전이 되어 새로운 힘이 솟고 다시 시작할 수 있게 된다. 아내가 있는 집이 좋다.

시내버스 사랑

나의 집은 시내버스 종점에 있다. '종점' 하면 고향, 이별, 그리움, 편안함, 사랑과 같은 단어들이 떠오르면서 왠지 영화 속의 한 장면처럼 뭔가 간직하고 있을 것 같은 느낌이 든다. 그곳에 사는 나도 흥미로운 사연들을 많이 알고 있을 것 같은 기대를 불러일으키기에 충분하다.

매일 버스로 출근을 하다 보면 일정 구간을 지날 때까지 버스 정류장마다 타는 사람이 누구인지, 시간대 별로 누가 타는지, 중간 중간 누가 내리는지를 알게 되고, 타야 할 사람이 타지 않으면 혹시 아픈 것은 아닌지 내심 걱정이 되기도 한다.

출근하는 모습은 대체로 활기차고 밝은 모습이지만 간혹 전날 과음을 했거나 힘든 일이 있었을 것 같은 피곤한 모습을 한 사람을 보면 오늘 하루 조금 힘들겠구나 하는 쓸데없는 걱정도 하게 된다.

늦은 시간 버스를 타고 돌아올 땐 무거운 가방을 멘 학생, 바리바리 싼 짐 보따리를 든 아주머니, 한잔 걸친 아저씨들이 지친 몸을 이끌고 올라타는 모습을 보면 서로 알은체하는 사이는 아니지만 같은 동네에 사는 사람이라 반갑고 정겨우면서도 마음 한편이 애잔해 온다.

나의 버스 사랑은 10년 전으로 거슬러 올라간다. 그 무렵 음주운전 단속이 심해지면서 가끔 아침에도 음주단속을 했다. 저녁에 과음을 하고 출근을 할 요량이면 왠지 찜찜한 마음에 택시를 타고 출근을 하곤 하였는데, 당시만 하여도 젊었던지 술을 마시는 횟수가 많다 보니 그 비용도 만만치 않아 부담이 되었다.

이런 연유로 한두 번 버스를 타다 보니 버스 타는 재미가 쏠쏠했다. 일단 음주 단속에 대한 걱정이 없고, 버스를 타고 출근하면 어쩐지 건강을 잘 챙기고 있는 것 같은 뿌듯함도 들고, 버스를 타고 가는 동안 만나는 사람들의 활기찬 모습과 시시각각 변하는 거리의 풍경도 매력적이다.

버스를 타고 출퇴근을 하면서 일상에 많은 변화가 일어났다. 간혹 힘들고 지칠 때면 출근길에 모교인 전북대 구 정문 정류장에 내려서 모닝커피 한 잔을 들고 교정에 앉아 꿈 많던 학창시절을 생각하며 위로받기도 했다. 운동이 부족하다 싶으면 두세 정거장 전에 내려서 힘차게 걸으며 잠시나마 운동을 하기도 하고, 퇴근 후 술 약속이라도 있으면 걸어서 약속 장소에 갔다가 버스를 타고 귀가를 하니 술도 잘 깨고 숙취 고생도 덜하게 되었다.

물론 비가 오거나 날씨가 추운 날에는 조금 불편하기도 하고, 시간대를 잘못 맞춰서 버스를 오래 기다리기도 한다. 출퇴근 시간이 두 배로 늘어나기도 하였지만, 버스를 타면서 얻게 되는 즐거움이나 행복은 이러한 모든 것을 감내하기에 부족함이 없었다.

버스를 이용하다 보면 갑자기 비를 만날 수 있으니 접이식 우산은 필수품이고, 혼자 있는 시간이 많다 보니 성능 좋은 블루투스 이어폰도 있어야 하고, 책 한 권, 필기구, 악보집 같은 소소한 지참물이 있다 보니 남자지만 가방도 꼭 필요한 물건이 되었다.

처음엔 손에 드는 가방을 가지고 다니다가 버스에서 시달리다 보니 어깨에 걸치는 가방으로 바꾸게 되고, 요즘은 이도 불편하여 학생들이 이용하는 백팩이라는 가방을 둘러메고 다닌다. 백팩은 학생들이 주로 메고 다니는 가방이다 보니 중년인 내가 메고 다니기엔 조금 어색한 것 말고는 버스를 이용하는 사람에게 이보다 더 좋은 가방은 없는 듯하다.

요즘 다시 버스를 타면서 버스 앱을 알게 되었다. 버스를 이용하는 사람이라면 이 앱을 개발한 사람에게 많은 감사와 찬사를 보냈을 거라 생각한다.

전에는 버스가 지나쳐 버리지 않을까 노심초사하면서 버스 오기만을 눈이 빠지게 쳐다보았는데, 이 앱이 개발되면서 버스가 오는 정류장을 실시간으로 확인할 수 있으니 버스 기다리는 시간을 자기 방식으로 요긴하게 이용할 수 있게 되었다. 나만 해도 환승하는 정류장에서 공연 때 부를 노래를 불러본다든지, 영어 뉴스를 듣는다든지, 가끔은 스쿼트 자세를 하면서 짬짬이 시간을 요긴하게 쓰고 있으니 이 또한 이 앱이 준 선물이 아닐 수 없다.

이제 다시 다른 지역으로 출퇴근을 해야 해서 당분간 시내버스를 이용할 수 없게 되었다. 전출 전날 아침에는 승용차를 이용해야 하는 이유가 있었음에도 굳이 버스를 타고 출근을 했다. 직접 말을 건넬 수는 없지만 마음으로라도 그간 함께 동승했던 사람들에게 잠시 만나지 못하는 데 대한 혼자만의 작별인사를 나만의 방식으로 나누었다.

시내버스는 일반 대중이 이용하는 교통수단이다. 물론 승용차가 있음에도 버스를 이용하는 사람들도 있겠지만 대부분은 승용차가 없어서 버스를 이용하는 사람들이다. 나도 조만간 퇴직을 하게 된다. 퇴직을 한다는 것은 승용차를 이용해야 할 만큼 바쁘거나 급하지 않아도 된다는 의미도 있는 것 같다. 물론 퇴직 후를 생각해서 미리 연습을 하기 위해 버스를 타기 시작한 것은 아니다. 그래도 젊은 시절 동안 버스와 함께한 희로애락은 노년이 되어도 거부감이나 어려움 없이 버스와의 사랑을 이어갈 수 있게 하는 소중한 경험이 될 것이다.

겨울나기

첫눈이 오면 마음이 바쁘다. 첫눈을 보고 설레는 마음도 잠시, 겨울나기 준비를 서둘러야 한다. 주택에 살면 겨울을 나기 위해 준비해야 할 것이 많다. 그렇다고 한적한 시골에 있는 전원주택처럼 땔감이나 석유를 준비하거나 정화조를 비워야 하는 것은 아니다. 내가 사는 곳은 도시가스와 상하수도, 정화 설비가 갖추어져 있는 지역이라 그런 걱정은 하지 않아도 된다.

어린 시절 대부분을 '날망'이라고 하는 비탈에 위치한 허름한 집에 살았다. 슬레이트 지붕에 블록 벽으로 지은 집은 여름에 덥고 겨울에 추웠으며, 대문은 함석으로 만들어져 바람이 불면 요란하게 흔들렸다. 겨울이 깊어갈수록 겨울준비를 하는 부모님의 한숨 소리가 커졌다.

제일 먼저 해야 할 일은 쌀과 연탄을 들이는 일이다. 눈이 내리기 시작하면 가파른 비탈길이 봄까지 빙판이 되어 쌀과 연탄 배달이 오지 않기 때문이다. 쌀이야 가게 아저씨가 부엌까지 지어다 주지만, 연탄은 수레로 실어 오기 때문에 날짜를 맞춰 우리 가족들도 모두 동원되어야 했다. 가게에서부터 수레를 밀고 대문 앞까지 오면 그 다음부터는 모두 옆으로 줄을 서서 한 장 한 장 넘겨가며 부엌까지 옮겨야 한다. 지금이야 자원해서 연탄 봉사에 참여도 하지만 그땐 왜 그리 싫었는지 모르겠다. 연탄까지 부엌에 가득차면 절반은 겨울 준비를 한 것이다.

다음은 겨우내 먹을 김장을 하여야 한다. 배추를 나르고 씻고 절이고 버무는 일도 쉽지 않다. 그때는 먹을 게 김치뿐이어서 김장을 많이 했다. 지금 생각하면 어떻게 그 많은 김장을 했는지 엄두가 나지 않는다. 김장을 하면 다음으로 문풍지를 발라 심한 외풍을 막고 수도꼭지는 옷가지와 비닐로 감싸 겨울에도 얼지 않도록 단속을 했다. 이렇듯 하나하나 빠짐없이 겨울 지낼 준비를 하다 보면 마당에는 눈이 소복이 쌓여가곤 했다. 그때 겨울은 지금보다 더 길고 추웠다.

아파트에 살면서부터는 겨울 준비가 크게 많지 않았다. 일단 난방시설이 기본으로 갖추어져 있어서 연탄 준비나 문풍지 바르기, 수도꼭지 싸기를 할 필요가 없고, 쌀을 미리 사둘 필요도 없다. 김장도 주택처럼 밖에서 하는 것이 아니고 실내에서 하고 수

량도 많지 않아서 굳이 겨울 준비라고 할 것도 없었다.

다시 전원주택에 살기 시작하면서 겨울 준비를 하게 되었다. 옛날 주택에 살던 때와는 다른 새로운 방식으로 겨울 준비를 하여야 한다. 날씨가 추워지면 제일 먼저 강아지의 난방이 걱정거리이다. 원래 집 안에서 키우기도 했고 품종이 추위를 잘 타다 보니 겨울 문턱에 들어서면 아내의 걱정거리가 시작된다. 매년 이런저런 대비를 해주기는 했지만 벌벌 떨고 있는 모습이 처량하고 안쓰럽기는 마찬가지이다. 올해는 어떻게 해주어야 괜찮을까 걱정하는 마음에 인터넷을 뒤지다가 텃밭용 작은 비닐하우스가 있는 것을 보고 두 개를 구입했다.

주말 아침 큰애와 같이 본격적인 겨울 준비를 시작했다. 비닐하우스를 조립하고 강아지 집을 안에 넣고 바닥에 이불을 깔아주니 강아지도 좋았는지 냉큼 들어가 앉았다. 이제부터 전지를 해야 한다. 작은 마당이라 나무라고는 미니 사과나무 두 그루와 배롱나무 한 그루가 전부지만 초보 일꾼에게는 큰일이다. 어느 부분을 잘라줘야 하는지 재면서 전지를 하느라 한참이 걸렸다. 전지를 하니 깔끔한 모습이 마음까지 산뜻했다.

다음은 추위를 잘 타는 화초나 꽃나무의 월동 준비를 해주어야 내년에도 꽃을 볼 수 있다. 작년까지는 데크에 옮겨 추위를 견

뎠는데, 올해는 숫자가 늘어나다 보니 데크에 다 놓을 수 없다. 궁여지책으로 추위에 다소 강한 식물은 마당에 비닐하우스를 설치하고 그 안에 넣었다. 비닐하우스는 조립식이라서 별 어려움이 없이 설치가 가능했다. 화분들을 비닐하우스에 넣고 나니 마음마저 따뜻해졌다.

다음으론 김장을 해야 한다. 수돗가와 마당이 있다 보니 좁은 아파트에서 하는 것에 비해 물 쓰기도 자유롭고 버무리기도 한결 수월해졌다. 입주 첫해는 땅을 파서 항아리를 묻고 김장을 재기도 하였으나 불편함이 많아 김치냉장고에 보관하다가 최근에는 저온창고를 설치하여 훨씬 수월하고 편해졌다. 아무리 환경이 편해졌다고 해도 김장을 하는 것은 여전히 번잡하고 힘들다. 아내는 다른 힘든 일들은 줄이려 하면서도 김장만은 그만둔다는 말을 하지 않는다. 이유는 딱히 모르겠지만 가족이 겨울 동안 먹는 음식이니 김치만큼은 손수 담가 먹게 해주고 싶은 마음인 것 같다. 덕분에 포기 수는 줄어가도 여전히 김장김치를 먹을 수 있어 다행이다.

세월이 흐르면서 겨울준비가 귀찮거나 부담스럽지가 않다. 미리 대비를 하면 눈발이 내리는 혹한기에도 큰 어려움 없이 지낼 수 있다는 생활의 노하우가 쌓였기 때문이다. 나의 삶에도 겨울이 오고 있다. 나이가 들어가고 퇴직이 가까워지는 것이다. 겨울이라고 마냥 어둡고 춥지만은 않은 것처럼 한가하고 보람 있는 시간도 있으리라. 겨울의 문턱에서 하나라도 빠진 게 없나 한 번 더 챙겨야겠다.

그녀의 목소리

2월이 되면 아내가 바빠진다. 곧 다가올 봄을 준비하기 위해서다. 농장 사이트를 찾아다니며 올해 심고 싶은 꽃들을 고르고 거기에 맞는 화분을 골라 주문을 한다. 아내가 진지한 모습으로 인터넷 서핑을 할 때는 가능한 말을 걸지 않고 그대로 두는 게 제일 좋다. 아내는 뭐에 빠져있으면 다른 것에는 잘 신경을 쓰지 못하는 성격이니 괜히 끼어들면 방해만 하게 된다. 일을 마치면 빨리 알려주고 싶은 마음에 부랴부랴 나를 찾을 것이기 때문에 궁금해도 조금 참고 있어야 한다.

한참이 지나 나를 찾는 아내의 목소리가 다급하다. 못 들은 척 딴짓을 하고 있으면 급하다는 듯 손짓을 하며 부른다. 세상에 없는 것을 찾기라도 한 것처럼 들뜬 목소리로 인터넷에서 구입한 것들을 보여주며 자랑을 시작한다. 바구니에 가득 담겨있는 제라늄을 보며 꽃향기 그윽한 봄이 멀지 않았음을 알게 된다.

이번 봄은 예년과 다른 점이 있다. 작년 초겨울에 충북에 있는 나무 농장에서 구근을 구해 오면서 우리 집엔 봄이 일찍 시작되었다. 아내도 구근을 재배해 보는 것은 처음이라며 내년에 필 꽃에 대한 기대가 무척 컸다. 구근에 대한 정보도 찾아보고 구근을 심을 화분과 토양도 구입했다. 먼저 구근을 종류별로 화분에 나누어 심고 토양을 적당한 두께로 덮고 나서 꽃 이름표를 꽂아놓는다. 심는 것으로 끝이 아니고 추운 날씨에 얼지 않도록 흙 위에 비닐로 덮어주었다가 낮에는 열어 햇볕도 쐬어주고 가끔 부족한 물도 주며 정성을 쏟는다. 구근은 겨우내 눈비를 맞으며 흙 속에서 봄을 기다린다.

구근으로 만들기 위해서는 봄에 꽃이 피고 나면 꽃대를 잘라내어 구근 비대가 충분히 되도록 미리 준비를 해야 한다. 구근 비대가 되면 캐서 세척과 소독을 거쳐 일정기간 말린 후 잎과 줄기를 잘라내고 구근만 저장 보관하였다가 겨울이 시작되면 흙에 심어 겨울을 나게 한다. 일상에서 쉽게 보았던 꽃들이 이렇게 많은 과정과 정성이 필요하다는 것을 알게 되니 한 송이 한 송이 소중하고 대견했다.

주문한 꽃들이 배달되면 아내의 일상이 바뀐다. 아직 쌀쌀한 날씨지만 햇살을 받아야 잘 큰다며 아침이면 화분을 밖으로 내

놓고 밤이 되면 다시 거실로 옮겨주기를 한 달 가까이 반복했다. 구입한 개수도 만만치 않거니와 저렴한 꽃을 구입하다 보니 키도 작고 꽃대도 여려 자칫 잘못 건드리면 꽃이나 새순이 날아갈 수 있다. 가끔 아내를 도와주고 싶다가도 애지중지해 하는 어린 순이 다칠까 봐 선뜻 나서지도 못하고 주저하게 된다.

겨울을 보낸 구근도 싹을 틔우기 위해 흙을 비집고 나오려 애쓰는 모습이 기특하다. 아내는 아직 꽃대도 보이지 않는 새순만 보고도 "수선화야, 애썼다.", "튤립이 하나도 다치지 않고 잘 크고 있네.", "히아신스는 어떨지 정말 기대된다."며 일일이 이름을 불러주며 칭찬을 아끼지 않는다. 이에 질세라 제라늄들도 힘을 내며 열심히 자라고 있다. 탄성을 지르며 부르는 소리에 깜짝 놀라 쫓아가보면 새끼손가락만 한 줄기에 달린 티눈만 한 꽃망울을 보고는 무슨 보물이라도 찾은 듯 좋아하는 천진난만한 모습이 어린애 같다. 모든 꽃들이 각자 자신의 역할을 다하기 위해 노력하는 봄의 모습은 정말 활기차다.

아내가 화초를 대하는 모습을 곁에서 지켜보며 우리 애들을 임신했을 때가 떠올랐다. 결혼을 하고 출산 계획을 세우면서 아내는 가끔 같이하던 술을 끊었다. 쉬는 날에도 고단함을 뒤로하고 운동을 하며 건강한 몸을 만들기 위해 노력했다. 새 생명을 맞이하기 위해 심신을 정화하기 시작한 것이다. 임신을 하고 나서는 음식도 가려 먹고 소홀히 하던 책도 늘 곁에 두고 읽기 시작했다. 절약이 몸에 밴 아내가 임신을 하여서는 당시 3천 원이라는 큰돈을 한 치의 주저함도 없이 지불하고 가게에서 가장 크고 먹음직스러운 배를 사서 먹던 모습, 감기 몸살로 일주일이 넘게 아파 누워있으면서도 약은 절대 먹을 수 없다며 끙끙대던 모습, 많이 누워있으면 아이들에게 좋지 않다며 책과 씨름하다 앉아서 졸던 모습들을 곁에서 지켜보며 놀라울 뿐이었다. 아내는 이미 엄마가 되어있었던 것이다.

벼는 농부의 발걸음 소리를 들으며 익어간다고 한다. 아이들은 엄마의 목소리를 들으며 자라는 것 같다. 태아 때부터 엄마의 따뜻한 사랑을 자양분으로 세상과 만날 준비를 한다. 아이는 태어나서 엄마의 무한한 칭찬과 격려의 소리를 들으며 말도 하게 되고 걷게도 된다. 학교생활을 하면서도, 직장생활을 할 때도, 결혼을 하여 엄마의 품을 떠날 때까지 아이들은 엄마의 한없는 사랑을 받으며 자라고 성장한다. 대학에 다니는 큰애는 힘든 청소년기를 엄마의 따뜻한 응원을 받으며 잘 견디어내고 있고, 군 복무 중인 둘째도 매일 저녁 엄마와 통화를 하며 고단하고 지난한 군 생활의 긴 여정을 잘 이겨내고 있다. 이제 지칠 만도 한데 평생을 한결같이 나까지 챙기는 아내의 잔소리가 정겹고 고맙다.

수선화, 히아신스, 튤립이 꽃을 피우기 시작했다. 여린 제라늄들도 줄기에 비해 크고 많이 달린 형형색색 꽃들을 힘겹게 받치고 있다. 멋진 꽃도 있고 조금 아쉬운 꽃도 있다. 제각기 환경은 다르지만 아내의 칭찬을 들으며 최선을 다해 열심히 자라고 있다. 모두 다 예쁘다.

part 3

이런 소란이 있고 얼마 지나지 않아 산모와 첫애의 건강을 위해 많은 대출을 감수하면서 반지하에서 지상으로 탈출하였다. 일상에서 아무렇지 않게 느껴졌던 아침 햇살, 저녁노을, 창가에 부딪히는 빗방울, 눈 오는 풍경들이 너무도 소중하게 다가왔다. 그때 반지하 집에서의 생활은 내가 살아가면서 놓치기 쉬운 소중한 것들에 감사하는 마음을 갖게 한 인생의 화생방훈련이었다.

새록새록

화생방훈련

* 네이버에서 QR코드를 검색해 보세요

군대에서 받는 훈련 중 가장 힘든 과정을 꼽으라면 화생방훈련도 결코 순위에서 빠지지 않을 것이다. 대한민국 남자로 군 생활을 경험한 사람이라면 누구나 한 번은 화생방훈련에 대해 이야기를 하게 된다.

제대한 선배들로부터 듣던 화생방훈련의 혹독함은 입대를 앞둔 사나이들의 기를 죽이기에 손색이 없는 단골 메뉴였다. 요즘 인기 있는 연예인들의 군 생활 체험기에도 화생방훈련은 빠지지 않는 과정으로 소개되면서 시청자들에게 충분한 쾌감과 웃음을 선사하곤 한다.

화생방실에 들어갈 때만 하여도 방독면이 있으니 내심 안심하는 마음이 있다. 허나 여러 명이 사용하는 방독면이다 보니 간혹 구멍이 나있거나 착용법이 복잡해 잘못 착용이라도 하면 이내 스멀스멀 스며드는 매캐한 연기는 눈과 코를 여지없이 강타하기 시작한다.

그래도 그때까지는 방독면에 의지해 참을 만하다. 방독면을 벗으라는 조교의 험한 고함소리가 들리고, 최대한 미적미적 버티다가 잡아먹을 듯 다그치는 성화에 어쩔 수 없이 벗게 된다. 정말 고통이 극심하다는 말밖에 할 말이 없다. 숨을 쉴 수도 없고 눈물 콧물이 얼굴에 범벅이 되어 앞도 못 보고 제정신을 차릴 수가 없다.

고통의 끝은 이게 아니다. 〈어머니 노래〉를 부르란다. "낳으실 제 괴로움 다 잊으시고 기르실 제 밤낮으로 애쓰는 마음" 이쯤 되면 화생방실을 탈출하기 위한 아비규환이 벌어진다. 조교도 눈에 들어오지 않는다. 더 이상 막으면 무슨 사단이 날 지경에 이르러서야 조교가 출입문을 열고 나가라고 소리친다. 문을 박차고 나서는 세상은 신세계 그 자체이다. 그때 마신 맑은 공기는 생명의 소중함을 알게 해주기에 충분했다. 평소에는 공기가 있다는 사실조차도 인지하지 못하고 지내다가 화생방훈련을 통해 공기가 있다는 사실도 알게 된다.

제대 후에도 화생방훈련을 한 적이 있다. 군에서가 아니고 서울 한복판 주택가 신혼집에서의 일이다. 두 주먹만 가지고 신혼을 준비하다 보니 번듯한 집을 구할 여력이 없어 방 한 칸짜리 반지하 월세 집에서 결혼생활을 시작했다.

반지하 집은 말 그대로 창문의 윗부분만 지상이고 나머지는 모두 지하다 보니 비가 오는지 눈이 오는지 나가보지 않고는 밖의 사정을 알 수 없는 형태이다. 반지하로 내려가는 계단이 너무 좁아 여덟 자 장롱이 들어가지 못해 난간을 떼고 입주를 하였다가 이사를 나오면서 다시 설치해 준 서글픈 기억도 있다.

그래도 신혼의 달콤함이 있기에 반지하 집도 우리에게는 소중한 보금자리라 여기며 그다지 불평 없이 하루하루 행복한 시간을 보냈다. 둘 다 가진 것 없이 상경하여 어렵게 시작한 결혼생활이기에 변변한 가재도구도 준비하지 못한 조촐한 신혼살림에는 단칸방이 좋은 점도 있었다.

처부모님이 어떻게 사는지 보고 싶다며 신혼집에 올라오신 적이 있다. 단칸방이라서 난감하였으나 그럭저럭 저녁을 먹고 한 방에서 부모님과 같이 잠을 자게 되었다. 한밤중에 물을 먹기 위해 방문을 열고 거실로 나오는데 바닥에 물이 첨벙거려 불을 켜 보니 하수구의 물이 역류해서 거실 바닥이 흥건했다. 부모님 몰래 아내와 함께 소리 죽여 가며 새벽녘까지 물을 닦아냈다.

아침이 되어 부모님은 어렵게 결혼했으니 잘 살라는 말씀을 남기고 내려가셨다. 아직까지도 부모님이 그 사건을 아시는지 모르시는지 알 길은 없다. 당시에는 물어볼 자신도 없었고, 부모님도 아무런 말씀이 없었다.

반지하방에서 오순도순 생활하면서 우리는 서로를 알아가게 되었고, 소중한 첫애가 우리에게 찾아왔다. 그 집에서의 생활이 익숙해지고 뱃속의 아이가 자라는 재미에 하루하루 아무런 걱정이 없는 듯했다.

어느 날 아내가 화들짝 놀라 방바닥의 뭔가를 가리켰다. 진드기였다. 너무 작아서 자세히 보아야만 보였다. 반지하이다 보니 습기가 많아서 진드기가 생긴 것이다. 눈을 부릅뜨고 진드기를 찾아보니 이불에도 있고 여기저기 구석에도 보이기 시작했다.

약국으로 달려가 물어보니 진드기 퇴치 약이라고 하면서 모든 문을 닫고 2-3 시간 동안 방 가운데에 피워두라고 하였다. 주말에 장롱의 모든 이불을 꺼내고 옷장의 옷들도 꺼낸 후 방바닥에 연기를 피우고 하나뿐인 창문도 닫고 문도 잘 잠그고 시간을 보낼 요량으로 동네 이곳저곳을 촘촘히 걸어 다녔다.

아내 손을 꼭 잡고 이런 것도 나중엔 좋은 추억이 될 거라는 말도 안 되는 미래의 희망을 이야기하면서도 미안한 마음이 가득했다. 나를 만나 불편한 반지하방에서 생활하고, 임신을 하였어도 일하느라 임산부의 대접도 제대로 받지 못하고, 이런 일까지

겪게 한 자신의 모자람에 한없는 자책감만 쌓여갔다.

시간이 얼추 지나 집에 가보니 반지하방 창문에 집주인과 동네 사람들이 모여서 안절부절 못하며 수군거리고 있었다. 아차 싶어 창문을 보니 틈새로 연기가 솔솔 새어 나오고 있었다. 닫는다고 닫고 나온 창문 사이로 진드기 퇴치 연기가 새어 나오고 있었던 것이다.

집주인에게 들어보니 창문에서 연기가 새어 나와 문을 열려고 하여도 열리지 않고 연락도 안 되어 무슨 일이 난 줄 알고 119로 신고하려던 참이었다고 했다. 진드기 퇴치를 위한 화생방 훈련은 다행히 소방차량 출동 없이 끝날 수 있었다.

이런 소란이 있고 얼마 지나지 않아 산모와 첫애의 건강을 위해 많은 대출을 감수하면서 반지하에서 지상으로 탈출하였다. 일상에서 아무렇지 않게 느껴졌던 아침 햇살, 저녁노을, 창가에 부딪치는 빗방울, 눈 오는 풍경들이 너무도 소중하게 다가왔다. 그때 반지하 집에서의 생활은 내가 살아가면서 놓치기 쉬운 소중한 것들에 감사하는 마음을 갖게 한 인생의 화생방훈련이었다.

첫사랑 맞죠?

“다혜가 민우를 처음 만난 것은 봄날의 오후였다.” 최인호 작가가 쓴 소설 〈겨울나그네〉의 첫 문장이다. 새 학기를 맞는 캠퍼스는 아직 쌀쌀한 겨울의 흔적이 남아있지만 곳곳에는 봄꽃들이 다투어 피어나고 있었다. 다혜가 제법 가파른 오솔길을 뛰어 내려 큰길로 접어드는 순간, 어디선가 나타난 자전거가 빠르게 그녀의 곁을 스쳐 지나간다. 다혜는 이를 피하려다 균형을 잃고 비명을 지르며 볼썽사납게 길가에 넘어졌다. “미안합니다.” 그녀의 머리 위에서 웬 남자의 목소리가 들려왔다. 이렇게 다혜와 민우의 운명 같은 첫사랑이 시작되었다.

우리는 첫사랑을 말할 때 소설처럼 멋지고 아름다운 만남이기를 기대하고 꿈꾼다. 나도 대학에 입학하면서 누구나 부러워하는 운명 같은 첫사랑이 찾아오리라는 환상 같은 꿈을 꾸었었다.

국민학교 4학년부터는 남녀 분반이었고, 중·고등학교는 남학

생만 있는 학교를 다니다 보니 여학생을 만날 기회가 한 번도 없었던 나에게 대학 캠퍼스는 그야말로 신세계였다. 신입생을 맞이한 캠퍼스는 삼삼오오 몰려다니는 여학생들의 왁자지껄한 웃음소리와 경쾌한 발놀림으로 만물이 소생하는 봄의 향연을 펼쳐 보이는 듯했다.

나의 첫사랑도 봄과 함께 찾아왔다. 같은 과에 다니던 아직 시골티가 빠지지 않은 앳된 모습의 여학생이 나의 마음을 사로잡았다. 적당한 키에 미인형은 아니나 갸름하고 수수한 얼굴에 유난히 잘 웃던 그녀는 주변에 친구들도 많고 인기도 많았다. 천생 숙맥이던 나로서는 마음만 있을 뿐 그녀 앞에 서면 아무것도 할 수 없었다. 말조차 붙일 수 없었으니 그 답답함은 나뿐만 아니라 나의 마음을 어렴풋하게나마 알고 있었을 그녀도 적지 않았을 것이다.

바라보는 것만으로도 좋았고, 같은 캠퍼스에 있는 것만으로도 감사했던 시간들이 층층이 쌓여가면서 사랑은 아픔으로 변해가기 시작했다. 생명이 움트던 새싹이 낙엽으로 변해가고 생기발랄하던 신입생들도 먹고 대학생으로 변해갈 때까지 말 한마디 건네지 못하고 그녀바라기였던 나의 세월은 그렇게 흘러가고 있었다.

그 무렵 새로운 도전을 시작하면서 그녀에 대한 나의 마음도 정리해야 하는 것이 아닌지 고민을 하면서 친구에게 상담을 청했다. 그는 나의 사랑을 처음부터 들어주고 같이 고민해 주고 이해해 주며 조언해 주었던 유일한 친구였다. 그 친구도 나와 비슷한 시기에 같은 과에 있는 여학생과 첫사랑을 시작했으나, 불행인지 다행인지 그 여학생과의 만남이 순조롭지 못했다. 지금 생각해 보면 본인 연애도 못하는 친구로부터 조언을 들었으니 나의 사랑이 이루어지기 어려웠음은 어쩌면 당연한 것이 아니었나 싶다.

우리 둘은 서로의 아픔을 나누며 날이 새는 줄도 모르고 막걸리를 마시며 우리들의 진정한 사랑을 몰라주는 그녀들과 세상을 원망하였다. 그땐 세상 연인들의 사랑 고민이 우리들의 고민이었고, 드라마나 영화 속 주인공의 사랑이 우리들의 이야기였으며, 모든 사랑의 아픔과 실연에 대해서도 우리들이 대신 아파하고 슬퍼해야 할 것처럼 느껴지곤 했다.

친구의 조언은 끝낼 때 끝내더라도 말이라도 한번 해보라는 것이었다. 대학 앞 지하 음악다방에서 우리 둘은 커피를 가운데 두고 마주앉아 어색하지만 처음이자 마지막인 만남을 가졌다. 그녀와의 인연은 그게 전부였다.

그녀가 생각나고 보고 싶을 때면 그녀가 자주 걷던 중앙도서관 계단에도 앉아보고, 마당에 수국이 가득 피어있던 그녀의 시골집에도 가고, 그녀와 만났던 음악다방에 앉아 커피를 마시기도 하면서 그녀를 향한 그리움의 공간을 채우곤 했다. 물론 이 모든 순간은 조언자 친구와 함께했다. 그 친구도 나처럼 처음 만난 사랑에 굴곡이 많아 나만큼이나 힘들어했으니 우리 둘은 천생연분이 따로 없었다.

사람의 마음은 끝낸다고 잊어지는 것이 아니었다. 그 무렵 새로 시작한 도전이 혼자 이겨내야 하는 일이다보니 그녀에 대한 마음은 지워지기보다 나를 지탱해 주는 버팀목으로 남게 되었다. 아직도 그녀의 마음이 어떠하였는지는 모르나 나의 그녀에 대한 마음은 진심이었다.

내가 〈겨울나그네〉를 만나게 된 것은 그 무렵이었다. 중앙도서관 신문대에서 우연히 만난 동아일보 연재소설 〈겨울나그네〉는 못 이룬 사랑의 미련과 혼자라는 외로움으로 위로가 필요했던 나에게 매일 편지로 전해졌다.

다혜와 민우의 사랑이 이루어지지 않는다는 사실 말고는 나의 사랑과 전혀 다른 것이었지만 가판까지 찾아다니며 나의 이야기처럼 아파하고 슬퍼하며 못 이룬 사랑에 대한 미련을 조금씩 씻

어냈던 것 같다.

그녀에 대한 마음은 졸업을 하고 군 생활을 하는 동안 사랑 조언자인 친구로부터 그녀의 결혼 소식을 듣고서야 접을 수 있게 되었다. 길고도 힘들었던 내 사랑의 여정이었다.

고백건대, 시작도 하지 못한 사랑을 마친다는 것이 혼자 북 치고 장구 치는 형상이다 보니 다른 사람들의 눈에 이건 사랑이 아니었다고 보여도 어쩔 수 없다.

생각이 여기에 이르니 나와 그녀와의 사랑은 무엇이었는지 궁금해진다. 나는 그녀와 이루어지지 않은 첫사랑을 한 것이라고 생각하고 지금도 그녀와의 만남이 첫사랑이었다고 강변하고 있다. 곁에서 이런 강변을 듣고 있는 아내는 알지 못할 미소를 지으며 재미있다고 한다. 당연히 화를 내야 하는 아내가 왜 재미있다고 하는지 나는 아직도 이해하지 못한다. 아니 이해하고 싶지 않다.

아내를 약 올릴 요량으로 대학 앨범을 끄집어내 나의 졸업 사진을 펼쳐본다. 아내의 얼굴이 조금씩 경직되며 웃음기도 사라지는 걸 느낄 수 있다. 나의 첫사랑이 맞나 보다.

막대사탕의 추억

'츄파춥스', 자주 들어서 익숙하긴 한데 발음하기엔 조금 어려운 단어이다. 어릴 적 누구나 즐겨 먹었을 것이고, 나이가 든 사람들도 종종 찾는 대표적인 주전부리가 바로 막대사탕인 '츄파춥스'이다.

편의점이나 마트에 가서 계산을 할 때면 눈에 잘 띄는 곳에서 알록달록 고운 얼굴을 내밀며 나를 유혹하여 한두 개쯤은 덤으로 사곤 한다. 달달한 간식이 필요할 때 휴대나 가성비가 단연 돋보이는 것이 바로 막대사탕이니 '츄파춥스'는 우리 일상에 오랜 세월 동안 친근하기까지 한 과자이다.

요즘도 가끔 막대사탕을 입에 물고 있다 보면 젊은 시절 그리도 즐겨했던 담배를 끊게 된 것이 이 막대사탕 덕이었다는 생각에 입가엔 달달한 미소가 고이곤 한다.

전주에는 완산칠봉이라는 명소가 있는데, 내가 어릴 적 이 부근에 살다 보니 힘들거나 위로가 필요할 때면 이곳에 올라 답답한 마음과 울적한 기분을 위로받으며 아픈 젊은 시절을 보내곤 하였다.

완산칠봉은 일곱 봉우리가 있고 마지막 봉우리 직전에 소의 너른 등과 같은 형상을 한 소바위가 있다. 이름의 유래는 알 수 없으나 이곳을 찾는 등산객들에게는 정상을 목전에 두고 전주시내의 전경을 보며 잠시 쉬어 가던 장소로 잘 알려져 있는 곳이기도 하다.

내가 담배를 처음 만난 곳이 바로 이 소바위이다. 1984년 여름, 더 이상 앞이 보이지 않는 좌절과 자책을 떨칠 마땅한 방법을 찾지 못해 솔 한 갑을 사서 이곳에 올랐다. 첫 모금을 들이마시는 순간 목구멍에서 거센 저항이 일어 캑캑거리고 콜록대는 모습이 가히 생선가시가 걸려 곧 숨넘어가는 사람처럼 보였을 것이다.

눈물에 핑핑 도는 경험까지 하며 우여곡절 끝에 서너 대를 피웠다. 뽀얀 연기가 기관지를 타고 가슴 깊숙이 들어갔다 다시 입을 통해 나오는 현상을 연출하게 되면서 이제 담배를 배웠다는 생각에 잠시 어리석은 희열마저 느꼈다.

다른 친구들에 비해 조금 늦은 대학 3학년 때에 담배를 배우다 보니 늦게 배운 도둑이 날 샌 줄 모른다고, 이전에 피지 못한 담배를 몰아서 피우기라도 할 요량으로 금세 골초의 반열에 올라섰다.

그 시절만 해도 아버지들은 전혀 거리낌 없이 방 한가운데에 재떨이를 놓고 비스듬히 누운 자세로 담배를 피우셨으니 아버지 세대가 모두 열악한 환경만 있었던 것은 아니었다는 생각도 담배를 피우기 시작하면서 처음 갖게 되었다.

세월이 흘러 결혼을 할 무렵에는 담배의 해악이 조금씩 인식되면서 담배를 피우는 장소가 방 안에서 베란다로 밀려나기 시작하게 되었다. 그래도 담배는 여전히 낭만과 멋의 상징이면서 뭔가 고뇌에 싸인 사람의 필수품처럼 여겨졌다. 지금의 처지를 생각하면 그땐 애연가가 나름 대접을 받던 시절이었다.

내가 하는 일도 TV에서 종종 보는 것처럼 자판에서는 손가락이 정신없이 춤을 추고 잘근 씹힌 담배에서는 연기가 피어오르고, 건네는 담배 한 개비로 사람의 마음을 얻는 게 일상이다 보니 담배는 나에게 끊을 수 없는 친구가 되어가고 있었다.

시간이 흘러 담배 피는 사람들의 설 자리가 궁색해지면서 남들처럼 금연이란 걸 몇 차례 시도해 보았으나, 담배 끊는 사람과는 상종도 하지 말라느니, 담배 끊는 사람은 독한 사람이라느니, 죽어야 끊는다는 말들이 거짓이 아님을 뼈저리게 느끼며 금연은 실패할 수밖에 없다는 좋은 핑곗거리만 쌓여가게 되었다.

2002년은 모든 국민이 기억하는 월드컵이 개최된 해이기도 하지만, 나에게는 담배와의 인연을 끊게 된 잊을 수 없는 해이기도 하다.

둘째 아이가 걸음마를 시작하고 과자나 사탕에 맛을 들이게 되면서 츄파춥스 막대사탕은 둘째의 울음을 그치게 하는 특효약이 되어 우리 집에도 막대사탕이 비상약처럼 몇 개씩 준비되어 있었다.

어느 날 베란다에서 담배를 피우고 있는데 뭔가 쩝쩝거리는 소리에 내려다보니 둘째 아이가 따라 나와 막대사탕의 하얀 막대를 오른손 검지와 중지 손가락에 끼우고 입에 넣었다 빼다를 반복하면서 연기 뿜는 시늉을 하고 있는 것이었다. 그 모습을 보고 있자니 너무 어이가 없고 기가 찼다.

그 후 둘째 아이에게 주의도 주고 몰래 숨어서 피우기도 하였으나, 내가 담배를 피우지 않는 것 외에는 달리 방법이 없었다.

담배가 없으면 술을 마시면서 폼은 어떻게 잡고, 고민이 있을 때는 어떤 모습으로 고민을 해야 하는지, 무료할 땐 무얼 하며 지내야 할지, 친구 간에 나눠 피우던 담배 정은 어떻게 끊을지 따위의 걱정이 해소된 지도 17년이 지났다. 이제는 다시 담배를 피울

지도 모른다는 걱정이나 담배를 피우지 못해서 할 일을 못할 거라는 생각은 하지 않게 되었다.

누구나 담배를 쉽게 끊지는 못한다. 그러나 담배에 대한 애증이 아무리 질길지라도 부모의 자식에 대한 사랑은 이길 수 없었나 보다.

나에게 담배와의 인연을 끊게 해준 둘째 아이는 지금 군대에 있다. 둘째 아이는 나보다 배움의 속도가 빨라서 대학에 진학하자마자 담배와의 인연을 맺었다. 담배와의 인연이 어떻게 시작되었는지 궁금하지만 묻지 않는다. 담배가 나쁘다고 말하지도 않을 것이다. 적당한 시간이 흐르면 둘째를 닮은 아이가 두 손가락에 막대사탕을 끼고 나타날 거니까.

내가 할게

아내가 짐을 쌌다. 단순한 짐이 아니라 몇 개월 동안 나의 곁을 떠나 먼 곳으로 갈 준비를 했다. 그리곤 홀연히 떠났다. 아이들과 나만 남게 되었다. 그때부터 나는 집안일을 모두 처리해야 하는 아내의 역할, 아이들을 챙겨야 하는 엄마의 역할, 회사에서 맡은 바 업무를 처리해야 하는 직장인의 역할을 동시에 해야 한다는 것이 무엇을 의미하는지 깨닫기 시작했다.

직장이 한곳에서만 근무를 할 수 있는 여건이 아니어서 전주를 기점으로 여러 지방을 다니면서 생활했다. 아이들은 학교에 다녀야 하고, 아내도 직장이 있는 상황이라 나 혼자 옮겨 다녔다. 아내 혼자 집안일과 육아를 온전히 책임져야 했다. 상황이 그러니 어쩔 수 없는 일이라며 아내의 입장은 생각해 보지 않았다. 오직 내가 객지에 가서 고생하는 것을 알아주기만 바랐다.

서울, 강릉, 인천, 청주, 남원, 많이도 돌아다녔다. 그때마다 아내는 내가 불편하지 않도록 용품을 준비해 주고, 새로 생활할 곳에 따라와서 숙소를 살펴봐 주곤 했다. 한번 가면 짧게는 1년, 길게는 3년 동안 객지에서 생활했다. 금요일 저녁에 집에 왔다가 월요일 새벽에 다시 직장으로 갔다. 금요일에 내려오면 그간 못 만난 친구들을 만나 늦게까지 시간을 보내고, 주말에는 객지에서 고생했다는 핑계로 빈둥빈둥 지냈다. 월요일엔 새벽 일찍 아내가 차려 준 아침을 먹고 주말에 빨래해서 챙겨 둔 옷가지를 들고 직장으로 향했다. 멀리까지 다녀야 하는 내가 너무 힘들다는 생각만 했다.

아이들이 어릴 때 고열로 종합병원 응급실에서 꼬박 날을 새우던 때에도 출근을 해야 한다면서 혼자 인천으로 가버려 너무 야속했다느니, 매일 두 아이를 어린이집에 맡기고 떨어지지 않으려는 아이들의 울음소리를 들으며 돌아서서 울었다느니, 눈 오는 날에 하나는 걸리고 하나는 업고 얼어붙은 육교를 30분이 넘게 걸려 건넜다느니 하는 말들을 들을 때에도 그러려니 했다. 머리로는 아내의 상황이 힘들었을 거라 생각하면서도 마음으로는 진정으로 이해가 되지는 않았다.

떠나기 며칠 전부터 아내는 혼자 남아있을 내가 걱정이 되어 이것저것 준비를 하기 시작했다. 내가 입을 옷도 미리 꺼내 잘 보이는 곳에 배열하고, 세탁기와 전기밥솥의 사용법도 적어서 냉장고 문에 붙여두고, 음식물 쓰레기 버리는 요일도 적어두고, 식물의 종류별로 물주는 주기도 자세히 적어두었다. 잘할 수 있으니 걱정 말라고 큰소리를 쳤다.

아내는 아이들이 막 태어났을 때부터 나 없이 혼자 육아를 책임지며 직장생활을 하였다. 거기에 비하면 지금은 애들이 대학교에 입학을 하여 조만간 기숙사 생활을 할 예정이었으므로 돌볼 필요도 없었다. 잔소리할 사람도 없으니 홀가분하게 자유로운 생활을 할 생각에 내심 쾌재를 부르고 있었다. 그동안 아내 눈치를 보느라고 마음껏 놀지 못한 시간을 무엇을 하며 보낼 것인지 궁리를 하기 시작했다. 틈틈이 앞으로 만날 친구들도 순서를 정해두고 하고 싶었던 것들도 적어두었다.

드디어 아내가 집을 떠났다. 이번엔 내가 아내를 배웅했다. 항상 배웅을 받다가 배웅을 하고 집으로 돌아오는 발길이 허전했다. 집에 들어서니 아내가 없다는 사실이 바로 실감 나기 시작했다. 아이들에게 저녁을 차려주고, 설거지를 하고 다음 날 출근 준비를 위해 옷도 다리고 집안도 대충 정리를 해야 했다. 시간이 많을 거라는 기대와는 달리 매일 할 일이 왜 그리 많은지 정신없이 시간이 흘렀다. 매끼 식사 준비에 설거지, 쏟아지는 빨래, 강아지

밥도 챙겨줘야 하고 음식물쓰레기도 요일에 맞게 내놓아야 하고, 화분에 물도 잊지 않고 줘야 했다.

한 달쯤이 지나 방학이 끝나자 아이들이 기숙사로 갔다. 이제 진정한 자유를 누리리라 마음먹었다. 며칠은 친구들과 늦도록 노는 데 재미를 붙였다. 시간이 지날수록 점점 외로워졌다. 집에 와서 전등도 내가 켜야 하고, 밥도 해서 혼자 먹어야 하고, 거실에 덩그러니 혼자 앉아있는 시간이 많아졌다. 처음 계획과 달리 시간이 흐를수록 노는 것도 재미가 없고 뭔가 하고 싶다는 의욕도 없어져 갔다. 무얼 먹어도 맛있지 않고, 아무것도 하지 않아도 편하지 않고, 하고 싶은 대로 해도 즐겁지 않았다.

주말이 되어 아이들이 오면 잠시 사람 사는 것 같아서 좋다가도, 아이들이 가져온 빨래도 해야 하고 식사도 챙겨줘야 하고 일요일에 각자 데려다주고 오면 난장판이 된 집안 정리에 정신이 더 없었다. 아내의 지친 모습이 그려졌다.

아내가 없는 동안 정말 많은 생각을 하며 지냈다. 아내가 없는 빈자리가 얼마나 큰지, 아내가 얼마나 많은 일을 했는지, 아내가 얼마나 힘들었을지, 아내라는 위치가 얼마나 부담스러웠을지. 두 달이 지나면서 아이들을 돌보는 일이나 집안일은 조금씩 익숙해져 갔으나, 혼자 산다는 것만은 익숙해지지도 않고 더 힘들어져만 갔다.

우리는 평소 소중한 것에 대한 고마움을 느끼지 못하고 살아가고 있다. 곁에 있는 것이 너무도 당연하여 한 번도 생각하지 못하고 흘려보내고 있는 것이다. 입장이 바뀌어 보기 전에는 절대 알 수 없다.

아내가 돌아왔다.

이제 "내가 해줄게."라는 말을 하지 않는다. "내가 할게."

울고 갔다 울고 오는

아내가 해파랑길을 걸어보자고 한다. 부산에서 통일전망대까지 해안선을 따라 둘레길이 조성되어 있다고 했다. “그럼 강릉도 지나네?” 어렴풋이 강릉의 추억이 생각난다. 친구와 함께 경포대에 올라 술잔을 기울이며 하늘에 뜬 달, 바다에 비친 달, 호수에 잠긴 달, 술잔에 빠진 달, 마주한 임의 눈동자에 걸린 달을 찾아보던 게 엊그제 같다. 강릉에서 근무한 지 오랜 세월이 지났지만 지금도 매년 강릉을 찾는다. 강릉은 제2의 고향이라 할 만큼 언제나 다시 찾고 싶은 곳이며, 갈 때마다 즐겁고, 항상 그리운 곳이다.

짐을 대충 싸서 강릉으로 향했다. 군대를 제대하면서 강원도 방향으로는 뭐도 누지 않겠다고 다짐한 것이 엊그제 같은데 20년이 훌쩍 지났다. 점심을 먹고 출발했는데 강릉시에 들어서니 해는 벌써 대관령을 넘어가고 있었다. 정말 멀었다. 경포해수욕장에 도착하여 깜깜한 동해바다를 바라보며 한참을 서있었다. 그때만 해도 나와 강릉의 인연이 이리 오랫동안 이어질 거라고는 전혀 생각지도 못했다.

강릉으로 발령을 받고 잠시 충격에 빠졌다. 강릉이란 지명은 내 기억 속에 있지도 않았고, 강릉에서 근무할 거라곤 꿈에도 생각을 하지 못했었다. 강원도 자체가 군 생활의 안 좋은 기억으로 이미지가 좋지 않게 남아있었고, 강릉 또한 선조들이 귀양살이를 하기 위해 유배되었던 곳으로만 알고 있던 때였다. 강원도만 빼고 어디든 보내주면 가겠다고 사정을 하였으나 소용이 없었다. 직장 선배님이 지금은 이래도 나중에는 틀림없이 지금의 발령을 감사해할 거라며 잘 다녀오라고 했다. 직장이란 게 그런 일로 그만둘 것도 아니고, 선배님의 말씀을 위안 삼아 강릉에 갔다.

강릉에서의 근무는 환경도 다르고 사람들의 말투도 익숙하지 않아 쉽게 적응이 되지 않았다. 군에서 고생했던 기억으로 강릉에 대한 선입견도 쉽게 바뀌지 않았다. 몇 달은 사무실과 숙소만 오가며 강릉에 대해 마음을 열지도 않고 알려고 하지도 않았다. 그러다 시간이 지나면서 강원도의 매력에 빠져들기 시작했다. 산해진미란 강원도 음식을 두고 하는 말이었다. 유명한 산들의 빼어난 풍경과 동해의 푸른 바다와 백사장은 나를 홀리기에 충분했다. 강원도 전체가 천혜의 자연환경을 가진 관광지여서 서울 사람들이 찾는 최고의 놀이터라는 말이 전혀 손색이 없었다.

여름의 명소라면 단연 경포해수욕장이다. 정동진, 경포, 주문진, 양양으로 이어지는 해변은 아름답기로 최고를 자랑할 만하다. 동해바다는 해안선이 아름답고 모래가 고우며, 맑고 깨끗하다. 여름이 시작되면 해수욕장은 손님 맞을 준비로 바쁘다. 매년 해변에 모래를 실어 나르는 광경은 연례행사가 되었다. 가게들도 새로 단장을 하고 상인회를 중심으로 환경정리에도 신경을 쓴다.

여름휴가 기간에는 강원도 전체가 피서지가 된다. 특히 주말이면 서울 사람들이 모두 강릉에 온 것처럼 사람들로 북적였다. 청춘 남녀들이 수영복 차림만으로 거리낌 없이 시내를 돌아다니는 진풍경은 강릉이 아니면 보기 어려울 정도로 경포의 해수욕장은 서양풍을 간직하고 있는 곳이었다. 가끔 백사장에 나가 돗자리를 깔고 앉아 캔 맥주를 마시며 해수욕장의 젊음 속에 함께 했던 시간들은 힘든 타향살이를 버티게 해준 청량제와 같았다.

강릉은 겨울에도 전혀 심심하지 않다. 용평 스키장은 강릉에서 두 번의 겨울을 보내면서 내가 받은 최고의 선물이었다. 겨울이 시작되면 시즌권을 끊어 겨울 내내 스키를 즐겼다. 스키동호회에 가입하여 스키도 배우고, 매일같이 회원들과 함께 스키장으로 달려갔다. 수많은 조명 아래 대낮같이 밝은 스키장에서 스키어들과 함께 즐기던 야간 스키는 그곳에 함께한다는 자체만으로도 황홀함에 빠져들기에 충분했다. 스키장에 "이제는 우리가 헤어져야 할 시간 다음에 또 만나요."라는 노래가 울려 퍼지면 아쉬움을 뒤로하고 내일을 기약하며 하강하곤 하였다. 월례 모임이 있는 날이면 강릉 시내에서 젊은이들과 함께 스키에 대한 이야기로 밤이 깊어가는 줄도 몰랐다. 지금도 눈만 오면 백설을 가르며 내려오던 야간 스키의 추억으로 가슴이 콩닥콩닥 뛰곤 한다.

객지 생활의 고단함을 위로해 주기 위해 찾아왔던 가족들도 강원도의 매력에 빠져 수시로 찾아왔다. 두세 달에 한 번씩은 왔던 것 같다. 특히 여름이나 겨울에는 일주일씩 와서 휴가를 보내곤 했다. 강원도는 언제 어디를 가도 자연이 주는 빼어난 절경이 어느 휴양지 못지않게 아름답다. 가족들과 함께 강원도의 구석구석을 탐방하며 사계의 온전한 매력에 빠져들었다.

강릉이 나를 이끄는 이유는 자연이 전부가 아니다. 강릉에서 만난 사람들은 고향 사람과 같이 정겹고 친근했다. 그중에서도 강릉에서 만난 친형제 같은 친구가 한 명 있다. 아내와 아이들도 그 친구와 무척 친해졌다. 둘째 아이는 그 친구의 이름을 듣더니 축구선수 이름과 같다면서 진공청소기 아저씨라고 부르곤 했다. 홀아비의 쓸쓸함이 쌓여갈 즈음 친구와 함께 선술집에서 삶은 문어에 소주 한잔 기울이던 추억은 강원도와의 악연을 끊기에 충분했다. 강릉을 떠나게 되었을 때 헤어짐이 못내 아쉬워 둘이서 동해, 속초, 고성을 1박 2일로 여행도 했다.

전보를 받아 강릉을 떠나오던 날, 대관령 정상에서 강릉 시내를 내려다보았다. 발령을 받아 처음 대관령을 넘었을 때 착잡했던 생각이 났다. 마음이 울컥했다. 강릉은 지방관이 발령을 받아 올 때는 멀고도 먼 강릉까지 오게 된 자신을 한탄하면서 울고, 임직을 마치고 떠날 때는 그동안 정이 들었던 강릉을 잊지 못해 울고 간다는 유래가 있다. 나에게도 귀양지라 여기며 왔던 강릉이 마음의 고향이자 평생 휴양지가 되었다.

쉼

백팩을 메고 신호등을 기다리며 횡단보도에 서있다. 출판사에 찾아가는 길이다. 간밤에 온 비로 여름임에도 날씨가 선선하여 걷기에 딱 좋은 날이다. 며칠 전부터 이런저런 일로 마음을 잡지 못하고 허공에 둥둥 떠다니는 느낌이었다. 무기력하고 만사 귀찮고 공허하고 마음이 답답하고 불안하다. 인터넷에 물어보니 우울증 초기라고 한다. 아내는 권태기라고도 하였다. 주위에서도 안 좋아 보인다며 며칠 휴가를 내고 여행이라도 가보라고 한다. 문제는 그런다고 좋아질 것 같지도 않고 딱히 가고 싶은 곳도 없다.

퇴근 무렵 급히 딱 하루의 휴가를 냈다. 아무런 계획도 없이 그냥 쉬고 싶은 마음이었다. 아침에 게으름을 피우다 보니 아내가 휴가 낸 사실을 알게 되었다. 왜 휴가를 냈는지 궁금해하는 눈치였다. 간섭 같아 퉁명스럽게 특별한 이유는 없고 그냥 혼자 있고 싶으니 오늘은 연락도 말고 찾지도 말라고 했다. 출근시간대에 집을 나서니 너무 이른 시간이어서 딱히 갈 곳이 없었다. 출고 후에 한 번도 하지 않은 차량 내비게이션 업데이트를 하러 갔다. 오래 걸린다는 말에 그만둘까 하였으나 오늘은 남는 게 시간이라는 생각에 차량을 맡겼다.

전날 야간수업을 받으며 교수님에게 견학을 가겠다고 하였었다. 처음 출판사에 가서 장비도 보고 출판 과정에 대한 설명도 들었다. 한 권의 책이 출간되기 위해 얼마나 많은 과정과 사람들의 노고가 필요한지 알게 되었다. 글쓰기에 대한 좋은 이야기도 많이 들었다. 나무에 미안하지 않은 글을 쓰고 싶다고 했다. 나의 글로 위로받고 감동받는 사람이 한 명이라도 있었으면 좋겠다는 호기로운 말도 했다. 교수님은 글을 잘 쓰고 싶은 욕심이야 있겠지만, 단지 글을 쓰는 것만으로도 자신을 돌아보며 정리해 볼 수 있고, 사물을 보는 시각이 넓어지니 나름의 의미가 있다고 하였다. 이제 걸음마를 뗀 아이가 육상에 대해 아는 척을 하는 치기 정도로 여겼을 것 같아 부끄럽다. 책들로 둘러싸인 출판사에서 커피 한 잔을 앞에 두고 좋아하는 글쓰기에 대한 이야기를 나누고 나니 지친 심신을 위로받는 듯했다.

출판사를 나와 차량을 찾으러 가면서 보고 싶은 사람이 누군지 생각해 보았다. 말로는 수십 번도 더 만났으나 오랫동안 만나지 못한 친구가 떠올랐다. 전화를 거니 일정이 없다며 사무실로 놀러 오라고 했다. 별생각 없이 들어선 사무실은 업무를 처리하느라 바쁘게 돌아가고 있었다. 순간 나만 휴가 중이고 다른 사람들은 근무시간이라는 사실이 상기되면서 학창시절 혼자 학교에 가지 않았던 날의 기억이 짜릿한 쾌감으로 되살아났다. 지금 이 순간이 행복했다. 휴게실에 마주앉아 요즘 애들은 이해하지 못하겠다느니, 아내들이 나이가 들어가면서 드세져서 큰일이라느니, 정년이 얼마 남지 않았는데 뭐할지 걱정이라느니, 우리도 곧 할아버지 소리 듣게 생겼다느니 하면서 육십을 바라보는 중년의 애환을 쏟아내기 시작했다. 남자들의 수다도 여자들의 수다에 못지않다는 걸 알았다.

밥을 먹으러 가자며 뭘 먹을지 서로 물어보는데 약속이나 한 듯이 시래기국밥이라는 말이 튀어나왔다. 둘 다 나이 먹었다며 한참 웃었다. 개인 압력솥에 밥을 해주니 밥맛만으로도 한 끼 식사는 거뜬히 할 수 있는 식당을 안다고 했다. 압력솥을 열고 밥 한 숟가락을 뜨니 모락모락 피어오르는 김에 어머니의 가마솥 밥맛이 묻어 나왔다. 정성 가득히 차려진 밥상에 누군가로부터 대접받는 느낌이 들었다. 친구와의 한 끼 식사로도 쌓였던 피로가 씻기는 듯했다.

식사 후에 서둘러 고등학교 동창생 사무실에 갔다. 점심을 같이하려 했으나 약속이 있다면서 오후에 유튜브 촬영을 하니 오라고 했다. 궁금도 하고 친구도 볼 겸 시간에 맞춰 갔다. 친구는 18년간 독서모임을 운영하면서 매주 토요일 새벽에 진행되는 독서토론에 한 번도 빠지지 않던 집념의 사나이다. 회원 수도 많아지고 프로그램도 완벽하게 자리를 잡자, 올해 회장직을 후배에게 물려주고 유튜브를 통해 책을 소개하는 1인 미디어에 도전 중이라고 하였다.

친구가 읽은 책이 몇천 권은 될 것이고 가장 잘 아는 분야도 독서 분야이니 방송 콘텐츠는 제대로 잡은 것 같았다. 거침없이 두 편을 찍고 커피를 맛있게 내리는 집을 안다면서 가자고 한다. 바쁜 친구에게 미안한 마음에 주저하자 손을 잡고 앞서 나선다. 다른 사람들이 보기에는 자기가 잘살고 있는 것처럼 보일지 모르지만 나름 많은 어려움이 있었다며 자신의 힘들었던 기억을 끄집어냈다. 묵직한 이야기를 마치고 조용히 듣고 있던 나에게 너 정도면 잘살고 있으니 너무 불안해하거나 초조해하지 말라고 했다.

속마음을 들킨 것 같았으나 기분은 좋았다. 친구는 내가 힘들거나 방향을 잃었을 때 위안과 나침판이 되어주었었다. 평일에 뜬금없이 찾아온 나의 흔들리는 마음을 알고 자신의 마음을 먼저 내보여 준 것이다. 잘하고 있으니 너무 서두르지 말고 욕심내지 말고 지금처럼만 하라고 했다. 사무실로 향하는 친구의 뒷모습을 오랫동안 지켜보았다. 마음이 따뜻해졌다.

집으로 돌아오는 길에 내비게이션의 성능도 시험해 볼 겸해서 새로 난 길을 검색해 보았다. 이전에는 검색이 되지 않았었는데 바로 검색이 되었다. 검색이 되지 않아도 크게 불편하지 않을 너무도 하찮은 일인데 남들은 없는 거창한 것을 새로 갖게 된 것처럼 기분이 무척 좋아지면서 이 순간이 너무 행복하다는 생각까지 들었다. 이건 뭐지? 궁금해진다.

하루 종일 뭔가를 찾아 헤맸다. 나이가 들수록 채워지지 않는 허전함이 많아진다. 허전함은 공허함으로, 공허함은 쓸쓸함으로, 쓸쓸함은 외로움으로, 외로움은 불안과 초조함으로 나를 더 옥죄어 왔다. 진정 내가 원하는 삶이 어떤 모습인지도 모르면서 너무 높고 거창한 것만 찾아 헤매고 있는 건 아닌지 자문해 본다. 하루를 마무리하면서 내가 찾고 있던 풍요롭고 행복한 삶이 무엇인지 조금은 알 것 같았다.

아내가 강의를 받고 있는 회관에 갔다. 기다리는 시간이 지루하지 않고 즐거웠다. 멀리서 보이는 아내가 반가웠다. 아침 일로 아직 화가 풀리지 않은 모습이다. 찾지 말라더니 왜 왔냐며 새침한 표정을 짓는다. "오늘 하루 깨달은 게 많지. ㅎㅎ"

추억의 수학여행

친구들이 저녁 늦게 한자리에 모였다. 아무도 선뜻 말을 하려 하지 않았다. 당장 내일 떠나야 하는데 아직도 결론을 내리지 못하고 있으니 답답했다. 어떤 결론도 쉽지 않았다. 결국 내가 결정해야 할 문제였다. 한참 동안 무거운 침묵이 흐르고 드디어 결론을 냈다. 내일 진행하기로 했던 행사를 취소했다.

졸업 후 고등학교 동창회장을 맡아 일을 한 적이 있다. 기존의 방식에 변화를 주어 역할도 세분화하고 주요 행사도 부회장들이 맡아서 추진하고, 새로운 활동도 발굴하여 진행하면서 재미있게 했다. 임기 동안 3학년 때 담임선생님들을 모두 모시고 스승의 날 행사도 하고, 고산 휴양림에서 1박 2일 가족 야유회도 하고, 친구들과 매주 인근 명산도 등반하고, 동창생들의 사진과 연락처를 수집해서 동창 수첩도 새롭게 제작하고, 동창 모임도 두 달에 한 번씩 꾸준히 진행하면서 친구들과의 유대도 쌓여갔다.

친구들도 잘한다며 응원해 주고 격려해 주며 적극적으로 참여해 주었다. 특히 스승의 날에 담임선생님들을 모두 모시고 행사를 하고 뒤풀이로 각 반별 반창회까지 가졌던 일은 지금까지도 친구들이 감동스러웠다고 말하는 추억거리로 남아있다.

내친 김에 졸업 20년을 기념하여 당시 유행하던 추억의 수학여행을 가기로 했다. 졸업한 지 20여 년이 지나 교복을 빌려 입고 예전에 갔던 경주로 1박 2일 수학여행을 다시 떠나기로 한 것이다. 시작하자마자 난관에 부딪혔다. 함께하겠다는 친구들이 많을 줄 알았는데 쉽게 모집이 되지 않았다. 지금 생각하면 우리의 나이를 간과한 것이다. 지금이야 집에서도 반기지 않아 어디 나가서 놀 구실이 없나 찾아다니는 신세다 보니 누가 번개라도 치면 어디서 그렇게 많은 친구들이 나타나는지 놀라울 정도이지만 당시 나이 40이면 직장에서나 가정에서나 무척 바쁜 시기였는데 가정의 달인 5월에 그것도 가장 혼자 1박 2일로 여행을 간다고 하니 쉬울 리가 없었다.

그래도 야심찬 시작에 어떻게든 되겠지 하는 막연한 기대를 가지고 관광버스와 숙소를 예약하고 경주 문화해설사도 섭외하며 진행을 하였다. 모으고 모아 최종적으로 참가하기로 한 친구가 24명이 되었다. 적은 인원이었지만 일단 세운 계획이니 출발

하기로 하였다. 하지만 시간이 지나면서 문제가 생기기 시작했다. 출발일이 다가오자 하나둘 사정이 있다며 취소를 했다. 출발 전날엔 15명만 남아 집행부 친구들과 모여 상의한 끝에 결국 출발을 하지 못하였다.

그때 가지 않고 취소했던 일이 두고두고 후회가 되고 아쉬움으로 남아있다. 아무리 참가 인원이 적어도 갔어야 했다. 여러 어려운 사정에도 집행부를 믿고 함께하기로 한 친구들은 생각하지 않고 인원이 적다는 이유만으로 포기한 것이 그 친구들에게 두고두고 미안한 마음으로 남아있다. 가정을 두고 말할 수는 없지만, 그때 출발을 했다면 살아가면서 힘들 때 꺼내볼 수 있는 멋진 추억 사진 몇 장 정도는 남아있을 텐데 아쉽다.

그 일이 나에게 너무 선명한 아픔으로 남아서인지 그 후론 중간에 그만두는 일이 거의 없다. 물론 결정을 할 때까지는 많은 사람들과 상의도 하고 자료도 수집하고 숙고도 하지만 결정이 된 이후에는 절대 그만두지 않고 끝까지 추진하려고 노력한다.

작년에 어느 모임에서 단장을 맡아 콜라보 공연을 진행한 적이 있었다. 참여할 회원을 모집하였으나 회원들의 의견도 분분하고 참여 인원도 너무 적어 포기할까도 생각했었다. 그러나 수학여행의 아픔이 떠올라서 포기하지 않고 차분히 준비를 했다.

파트를 나눠 전문가들에게 일임하고 나는 뒤에서 전체적인 것만 잡아가며 흔들리지 않고 추진해 갔다. 시간이 갈수록 점점 참여 인원이 늘어나기 시작했다. 나중에 안 사실이지만 사람이 모이지 않을 거라 지레 짐작한 회원들이 참여를 망설이다가 시간이 지나면서 인원이 늘어나는 것을 보고 참여를 하게 되었다고 하였다. 결국 30명이 넘게 참여하여 성공리에 행사를 마칠 수 있었다.

새로운 것을 시작한다는 것은 모험이고 도전이다. 더욱이 남이 해보지 않은 일을 시작해야 할 때는 더 많은 위험 부담과 두려움이 생긴다. 설령 이런 어려움을 무릅쓰고 시작을 하였다고 해도 실제 준비가 부족하거나 진행이 잘되지 않아 도중에 포기하거나 실패할 확률도 높다. 그래서 쉽게 도전을 회피하게 된다. 익숙한 길, 이미 누군가 했던 일, 누구나 선택하는 방법이 쉽고 무리가 없고 편하다는 것은 당연하다. 나이가 들어가면서 뭔가 새로 시작해야 하는 일은 줄어들 것이고, 시작하려 하지도 않을 것이다.

동창생들로부터 다시 동창회를 맡아서 운영해 달라는 요청을 받았다. 사람은 살아가면서 많은 선택의 순간을 마주하게 된다. 한 번 했던 일을 다시 한다는 것에 대한 부담은 물론이거니와 나이외도 많은 친구들이 있는데 굳이 내가 한 번 더 한다는 것이 선뜻 내키지도 않았다. 오랫동안 많은 고민에 고민을 한 끝에 다시 동창회장을 맡기로 했다.

장미꽃이 만발한 5월 어느 날, 동창생들에게 멋진 문자를 보내는 상상을 해본다.

"드디어 내일 새벽 5시에 도청 앞에서 추억의 수학여행을 떠납니다. 시간 늦지 않게 나오시기 바랍니다. 동창회장 송재영"

마술사를 찾아서

아침 일찍 눈을 떴다. 늦지 않게 가기 위해서는 서둘러야 했다. 대충 아침밥만 차려 먹고 머리도 감지 않고 면도도 하지 않고 집을 나선다. 집 앞에는 이발소가 두 곳이 있다. 군산에 와서 다니기 시작한 이발소가 있었는데, 이번에는 다른 이발소로 가볼 생각으로 일찍 나선 것이다. 이발소 앞에 다다르니 나보다 성질 급한 손님이 벌써 와서 이발 중이다. 출근 전에 이발을 마치려면 시간이 촉박한데 살짝 고민이 되었다. 그래도 이번에 이발소를 바꿔볼 마음을 먹고 왔던 터라 이발소 안으로 들어갔다.

어릴 적엔 머리를 깎을 때 이발소를 이용했는데, 사회생활을 하면서 이발소의 머리는 왠지 세련되어 보이지 않고 나이 든 어른들이 다니는 곳이라는 생각에 다른 친구들처럼 미용실로 다니기 시작했다. 미용실의 이발은 정말 간단하다. 전기 이발기로 쓱쓱 머리를 깎고 머리를 감겨준다. 이에 비해 이발소는 손이 많이 간다. 머리를 깎을 때 수동 이발기와 가위를 이용하여 일일이 손질을 하고 그 다음 면도를 하고 머리를 감겨준다. 그러다보니 미용실보다 시간이 오래 걸리기는 하지만 왠지 더 정성이 들어간 것 같은 느낌을 받는다.

40대 중반을 넘어설 무렵, 어머니는 어디에서 머리를 깎는지 물어보셨다. 익히 알고 계시겠지만 뭔가 말씀을 하려는 의도를 담고 있는 물음이었다. 미용실에서는 남자 머리를 대충 기계로 쓱쓱 밀고 만다고 하시며, 자고로 사회 생활하는 남자들은 첫 인상이 중요한데, 머리 부분은 남의 눈에 가장 잘 띄는 곳이니 정성스레 손질을 해야 한다고 하셨다. 전동기로 쓱쓱 미는 미용실보다는 한 올 한 올 손으로 잡고 가위로 정성스레 깎아주는 이발소에서 깎기를 바라시는 어머니의 마음을 잘 알기에 다시 이발소를 이용하기 시작했다.

여러 번 근무지도 바뀌고 이사도 하게 되면서 이발소도 근무지나 거주지에 따라 옮기곤 하였다. 이발소는 미용실에 밀려 사양 직종이 되어 많이 있지도 않고, 대부분 연세가 있는 분들이 부인과 같이 운영하는 경우가 많다. 강릉에서도 부부가 운영하는 이발소에 다녔는데, 면도는 주로 아주머니가 담당하였다. 가끔 아저씨가 면도를 하는 날이면 정성이 과해 시간도 오래 걸리고 너무 심하게 하여 안면이 얼얼하기까지 해 아저씨만 있는 경우는 피하곤 할 정도였다. 언젠가 면도를 좀 살살 해달라고 부탁을 하자 그때는 알았다고 하였으나 다음번에 가니 도로 마찬가지였다. 이발소를 옮길까 고민도 하였으나 딱히 마땅한 곳이 없어서 면도할 때마다 곤혹스러웠던 기억이 남아있다.

청주에 있을 때는 직장 근처 이발소를 다녔다. 한번은 집에 가기 위해 버스터미널에 있다가 이발소 아저씨를 만나게 되었다. 연유를 들어보니 청주에서 이발소를 하다가 전주로 이사를 가게 되었는데 정리하지 못하여 이발소에서 숙식을 하다가 휴무일에만 전주로 간다고 하였다. 그렇게 서로의 사생활까지 알게 되면서 객지 생활하는 동병상련의 마음으로 매우 친하게 지냈던 곳이었다. 그분은 내가 청주를 떠날 때까지 이발소를 운영하였는데 그 후에는 어떻게 되었는지 모르겠다. 아마 전주 어디에서 이발소를 운영하고 있을 텐데 어디로 갈 것인지 물어보지 않았던 것이 못내 아쉽다.

전주에는 오랫동안 다닌 이발소가 있다. 그곳도 부부가 운영을 하는 곳인데, 부부 모두 말이 거의 없다. 이발소에 들어가면 왔냐는 인사도 없다. 이발을 하는 내내 아무런 대화도 없다 보니 이발소는 머리카락 자르는 소리와 텔레비전에서 나오는 소리만 있을 뿐이다. 계속 다니다 보니 이발을 어떻게 해달라는 말도 할 필요가 없어 어느 날엔 한마디도 하지 않고 오는 경우도 종종 있다. 간혹 나이가 지긋하고 오랜 단골손님으로 보이는 분들과는 몇 마디 대화를 나누기도 하지만 그것도 필요한 말만 한다. 오랫동안 다녀도 데면데면 대하는 상황이 바뀔 것 같지 않아 다른 이발소를 몇 곳 다녀보았으나 이내 다시 찾곤 한다. 이발 실력만은 어느 이발소보다 좋다 보니 침묵의 어색함을 감수해도 맘에 드는 머리 형태를 유지하는 게 더 낫다는 생각에서다.

군산으로 직장을 옮기면서 군산에서 이용하는 이발소가 생기게 되었다. 그곳도 부부가 같이 운영하는데, 두 분 사이가 좋아 그곳에 가면 내 마음마저 따뜻해지는 것 같아서 좋은 곳이다. 아침 일찍 손님이 없는 날에는 두 분이 앉아 오순도순 이야기를 나누고 있는 모습이 정겹고 행복해 보인다. 이곳은 이발은 마음에 드는데 염색이 조금 마음에 들지 않는다. 얼굴 여기저기에 염색약을 묻혀 지우는데 고생을 한다. 아버지를 닮아 흰머리가 일찍 나기 시작하여 염색을 한 지가 오래되다 보니 이발만큼이나 염색도 신경을 쓰는데 조금 아쉽다.

새로 찾은 이발소 문을 들어서자 이발하는 아저씨가 뒤도 돌아보지 않고 어서 오라는 인사만 한다. 소파 하나에 이발 의자 세

개만 있는 아주 작은 공간이었다. 소파에 앉아 아침 뉴스를 보며 손님과 아저씨의 대화를 들어보니 꽤나 오래 알고 지내는 사이로 보였다. 손님의 연세도 상당해 보이는데 이발하는 아저씨에게 형님이라고 했다. 이발을 마치고 머리를 감겨주기 위해 세면대로 가는 아저씨의 발걸음이나 손놀림이 더디고 둔했다. 여태껏 만난 이발사들 중에 가장 연세가 많아 보였다. 바쁜 시간이라 염색은 하지 않고 이발만 하였다. 머리를 맡기고 있는 동안 많은 연세에도 일하시는 모습이 대단하다는 생각이 들면서도 젊은 손님들은 조금 죄송스러운 마음에 부담스러울 수 있겠다는 생각을 했다. 그래도 연륜이 있어서인지 이발한 모습은 마음에 들었다.

산뜻하고 정갈하게 다듬어진 모습으로 이발소를 나선다. 이발한 모습이 맘에 들면 며칠 동안은 거울을 보면서 기분이 좋다. 혹여 맘에 들지 않으면 다시 깎을 때까지 머리에 신경이 쓰인다. 사람의 외모는 타고나는 거라 성형을 하는 방법이 아니면 싫어도 달리 어찌할 수 없고, 나이가 들어감에 세월의 흔적이 신체와 얼굴에 고스란히 드러나는 것도 어찌할 수 없다. 나의 외모를 가꾸기 위해 할 수 있는 유일한 투자는 머리를 잘 다듬는 일이다. 오늘도 나를 멋진 신사로 만들어 줄 마술사를 찾아 나선다.

휴지기

겨울을 지나 봄이 왔음에도 일상이 코로나19로 꽁꽁 얼어붙어 있다. 세상 어느 곳에 가야 봄을 찾을 수 있을까 휴일 아침 일찍 집을 나섰다. 과수원 길을 지나 모악산을 매봉길로 오르려니 주차장은 차량으로 발 디딜 틈조차 없었다. 모두 나와 같은 마음으로 집을 나섰을 거란 생각에 어릴 적 소풍을 가서 하던 보물찾기가 떠올랐다. 사람들이 없는 곳에 가야 보물을 찾을 수 있을 것 같아 비단길로 방향을 바꿨다.

6년 전 모악산 아래 둥지를 틀고 주로 매봉길을 따라 산행을 하곤 하였다. 매봉길은 능선에 오를 때까지만 조금 가파르고 일단 오르고 나면 능선을 따라 멀리까지 탁 트인 경치를 보며 거니는 맛이 일품이다. 그에 비해 비단길은 정상에 오를 때까지 산속으로 이어진 길을 따라 걷다 보니 주변 경치보다는 산에 있는 나무와 풀, 꽃, 새소리에 집중하게 된다.

봄을 찾기에는 비단길이 제격이다 싶었다. 개울을 따라 동네를 지나다 보면 신금마을에서 비단길 초입을 만나게 된다. 길을 따라 조금 오르다 보니 두 갈래 길이 나오면서 한쪽 길엔 지주목에 팻말이 붙어 있었다. 휴식년이라 통행을 할 수 없다는 알림 문구였다. 순간 나도 모르게 걸음을 멈추고 그 자리에 한참을 서있었다.

작년 한 해는 오직 글 쓰는 재미에 푹 빠져 지냈다. 일 년이 되어갈 무렵 브런치에서 북 출판 프로젝트가 공지되었다. 맞선을 앞둔 총각처럼 가슴이 뛰고 설레기 시작했다. 글쓰기를 시작한 지 1년도 채 되지 않은 초보가 고수들의 잔치인 프로젝트에 왜 설레고 떨리는지 부끄럽기까지 했다. 뭐든 시작하고 보는 천성을 핑계로 신청을 하기로 마음먹었다.

출품작을 스스로 기획하고 만들면서 행복했고 대견했다. 작가가 된 것 같은 착각의 시간도 즐겁기만 했다. 기존에 썼던 작품들 중에 애정이 가는 몇 편을 골라 목차를 정하고 책 표지는 아내가 정성스레 그린 보태니컬 작품으로 편집하였다. 드디어 생애 첫 수필집『50, 인생이 설레기 시작했다』를 출간하였다. 비록 정식 인쇄물은 아니지만 한 권의 책을 완성해서 세상에 내놓는다는 뿌듯함은 이루 말할 수 없이 컸다. 막상 출품작을 보니 처음 기대와는 달리 부족한 면만 보이고 자신감도 위축되어 고민이 깊어 갔다. 그래도 평가를 받아보자는 생각에 마감일을 며칠 앞두고 졸작을 출품했다.

나의 글쓰기는 휴지기에 들어갔다. 선정이 되리라 기대를 한 것도 아닌데 발표일까지 글이 써지지 않았다. 매주 한 편의 글을 써야 한다는 강박감에서 벗어나고 싶어서였는지, 심혈을 기울여 뭔가를 완성하고 나서 오는 공허함과 허탈감 때문이었는지, 수험생이 발표를 기다리는 초조함 때문이었는지 그 이유는 딱히 모르겠다. 한 해가 저무는 마지막 날에 10편의 다양한 작품들이 수상작으로 선정이 되었다. 그 후론 노트북을 쉽게 열지 못하였다. 자꾸 눈에 띄는 노트북을 외면하며 쓰고 싶다는 욕구를 떨치지 못해 아파하면서도 선뜻 다시 글을 쓰지 못했다. 그러다 보니 자의든 타의든 휴지기에 접어들게 되었다.

산에 오르다 보면 휴식년이란 문구를 심심치 않게 볼 수 있다. 사람들로 인해 부러지고 밟히고 파헤쳐져 상처투성인 자연이 아름다운 모습을 되찾을 수 있도록 시간이 필요한 것이다. 휴식년이 끝난 길을 다시 걷다 보면 이 길의 모습이 원래의 이런 모습이었나 싶을 정도로 활기차고 생동감이 넘친다. 울창한 나무와 형형 색색한 꽃, 이름 모를 수많은 풀잎, 청명한 산새들의 노래 소리에 감탄을 연발하게 된다. 쉼이 생명을 다시 불어넣어 준 것이다. 휴식이라 마냥 쉬지 않고 새 생명을 싹 틔우기 위해 얼마나 바삐 움직이며 노력했을지 생각하니 대견하고 사랑스럽기까지 하다.

처음 글을 쓰면 한동안은 살아온 자신의 이야기를 쏟아낸다고 한다. 한참을 쓰다 보면 글감이 소진되면서 뭘 써야 할지 막막해지는 시기가 온다고 했다. 그때는 잠시 쉬어가는 것도 좋다고 했다. 어린 시절의 추억, 부모님에 대한 회상, 알콩달콩 가족이야기로 글을 채우다 보니 나의 삶이 형상화되었다. 일 년의 시간이 흐르면서 뭔가 부족하고 아쉽다는 생각이 들기 시작했다. 나에게도 쉼이 필요한 시간이 된 것이다.

쉬는 동안 다양한 작품들을 읽어보며 나의 글에 대해 돌아볼 수 있었다. 다른 분야의 작가도 만나 작품에 대한 이야기도 나눠

보았다. 왜 글을 쓰는지, 앞으로 어떤 글을 쓸 것인지에 대해서도 생각할 수 있었다. 아직도 부족한 뭔가를 찾지는 못했지만 다시 쓰고 싶은 마음에 나의 휴지기를 일찍 마쳐야 할 것 같다.

산기슭의 바람이 아직 차다. 너무 일찍 얼굴을 내민 산수유와 진달래의 흔들리는 꽃잎이 안쓰럽고 반갑다. 보물을 찾은 것 같아 초등학생처럼 마냥 행복하다.

part 4

사무치는 그리움에 잠에서 깼다. 누군가 나를 기다리는 것 같아 밖으로 나와보니 아직 한밤중이다. 부처님 오신 날이 며칠 남지 않아서인지 대적광전 앞마당엔 경지정리를 마친 논길처럼 연등 줄이 가로세로 정연하게 걸려있다. 달빛에 의지하여 연등 줄을 따라 아버지의 흔적을 찾아 나섰다. 연꽃 등을 매달고 있는 아버지의 모습이 다가온다.

오손도손

아버지의 기도

* 네이버에서 QR코드를 검색해 보세요

연못에 연꽃이 가득 피었다. 운동하던 발길을 멈추고 잠시 연꽃의 은은함에 빠져든다. “어! 연꽃이 흰색도 있네.” 곁에 있던 아내도 흰색 연꽃을 직접 본 것은 처음이라며 관심을 보인다. 한껏 예쁘게 핀 연분홍 연꽃에는 눈길도 주지 않고 하얀 연꽃만 한참을 바라보았다. 미안한 마음에 눈길을 돌려 연못 가득 피어있는 꽃봉오리를 반가운 눈길로 한 송이 한 송이 어루만져 본다. 꽃술이 보일 듯이 투명한 연꽃잎을 보고 있노라니 아버지의 모습이 피어오른다.

산사에서 하룻밤 묵을 기회가 있었다. 딱히 원해서 간 것은 아니지만 굳이 거절할 이유도 없었다. 사찰에서 주는 옷으로 갈아입고 산사를 둘러보았다. 옷만 갈아입었을 뿐인데 걸음걸이며 마음가짐이 다르다. 스님까지는 아니어도 사찰에서 승복을 입은 처지에 행동거지가 조신하고 진중해야 할 것 같았다. 이른 저녁 공양을 마치고 스님의 설법을 들었다. 난생처음 듣는 설법이 익숙하지 않았지만 세상의 이치를 깨우쳐주는 말씀에 시간 가는 줄 모르고 들었다.

산사라는 곳이 해가 저문 후엔 인적도 드물고 일반인은 특별히 할 일도 없다. 배정받은 숙소에서 이른 잠을 청해보지만 세속의 찌꺼기로 쉬 잠들지 못한다. 날짐승들이 모두 잠자리에 든 후에야 적막한 침묵을 덮고 지치고 힘든 육신을 산사에 내려놓는다.

사무치는 그리움에 잠에서 깼다. 누군가 나를 기다리는 것 같아 밖으로 나와보니 아직 한밤중이다. 부처님 오신 날이 며칠 남지 않아서인지 대적광전 앞마당엔 경지정리를 마친 논길처럼 연등 줄이 가로세로 정연하게 걸려있다. 달빛에 의지하여 연등 줄을 따라 아버지의 흔적을 찾아 나섰다. 연꽃 등을 매달고 있는 아버지의 모습이 다가온다.

아버지는 부처님 오신 날이 되면 한 번도 빠지지 않고 연등 행사에 참석하였다. 그렇다고 딱히 종교가 불교인 것도 아니었다. 아침 일찍 가족을 데리고 금산사로 향하였다. 연등을 걸 가장 좋은 자리를 선점하기 위한 마음이었다. 평소엔 어머니가 신발이라도 사 오시면 지금 신고 있는 신발도 멀쩡하다며 굳이 물려오라고 하시던 아버지가 연등만큼은 가장 크고 고운 것으로 샀다. 부처님 앞에서 정성스레 예를 드리고 연등에 가족의 이름을 또박또박 적어 마당 한가운데에서 까치발을 하며 매달았다. 아버지는 연등 아래 한참을 서 계셨다.

금산사에 가면 아버지는 나를 데리고 큰스님을 뵈러 갔다. 아버지와는 어릴 적 같은 동네에서 함께 자란 육촌 형님이고 나에게는 재종숙이셨다. 큰스님께 인사를 시키고 큰아들이라고 하시며 이런저런 자랑을 많이 하셨다. 어릴 땐 그런 아버지가 이해가 되지 않았다. 나이가 들면서 아버지는 배움도 적고 집안에 내세울 만한 일가친척도 없다는 생각에 훗날 나의 앞길에 조금이나마 도움이 될까 해서 그랬다는 사실을 알게 되었다. 아버지가 얼마나 간절한 마음으로 금산사에 오셨을지 애잔하고 숙연해진다.

아버지가 떠나신 후에도 부처님 오신 날이 되면 어머니를 모시고 금산사로 향한다. 아버지가 하시던 일을 그만두면 안 될 것 같은 심정인지도 모른다. 연꽃등을 사서 가족들 이름을 눌러쓰고 대적광전 마당에 까치발을 하며 연등을 매단다. 행사가 끝나면 큰스님을 뵈러 간다. 자주 찾아뵙지 못하지만 큰스님도 반갑게 맞아주신다. 큰스님과 나의 대화는 아버지에 대한 이야기가 대부분이다. 아버지의 자식 욕심이 남달랐다고 하시며 자식을

정말 사랑하였다는 말씀을 하신다. 큰스님도 항상 나를 데리고 와서 인사를 시키곤 했던 아버지의 마음을 아시는 듯했다.

다섯 시가 되니 스님 한 분이 대적광전에 불을 밝히고 예불을 드리기 시작했다. 아직 잠자는 대지에 스님의 불경 읊는 소리만 울려 퍼졌다. 청명한 목탁 소리를 벗 삼아 나한전을 지나 오층석탑에 올라 적멸보궁을 둘러보았다. 능선만 희미하게 보이는 먼 산에 해가 올라올 때까지 한참을 앉아있었다. 산사 곳곳에 아버지의 흔적이 남아있다. 아직도 산사 어디선가 가족을 위해 기도를 올리고 있을 아버지의 모습이 그리워진다.

아침 공양을 드리는데 스님이 산사에서 하룻밤을 지낸 사람들에게 간밤에 적적하지 않았는지 묻는다. 오랜만에 공기 맑고 조용한 곳에서 몸도 마음도 편히 쉴 수 있어서 너무 좋았다고들 한다. 나는 여기 와서 아버지를 만나 오랜만에 회포를 풀고 간다며 감사한 마음을 전했다. 함께한 사람들이 어리둥절해했다. 스님은 알 수 없는 미소를 지었다.

고부사랑

고부갈등, 오래전부터 우리나라에 내려오고 있는 시어머니와 며느리의 불편한 관계를 의미하는 단어이다. 고부갈등에 대한 이야기는 '옛날 옛적에~'로 시작하는 전설의 좋은 소재로 내려오고 있고, 현대에는 각종 드라마에 빠지지 않는 진부하면서도 약방의 감초와도 같은 소재로 이용된다. 고부갈등이 아니고 고부사랑이었으면 어땠을까? 이야깃거리가 되기도 어렵고 더욱이 드라마로서는 인기를 얻기가 어려워 흥행에 성공하지는 못할 것이다. 사람들의 관심을 끌기 위해서는 대중이 공감하고 일반적인 소재이여야 하며, 선행보다는 악행이 눈길을 끌기 더 쉬울 것이기 때문이다.

아내가 인천공항 출국장에서 에어스타 로봇이 찍은 사진을 전송해 주었다. 사진 속 어머니는 예쁜 모자를 쓰고 원피스를 곱게 차려입고 아내의 손을 꼭 잡고 환하게 웃고 계셨다. 막 여행을 떠나는 설렘과 행복이 사진에 고스란히 담겨 있었다. 아내가 어머니를 모시고 단둘이 유럽여행을 떠났다.

아내는 하던 일을 정리하자 첫 일성으로 양가 부모님을 모시고 유럽여행을 다녀오고 싶다고 했다. 양가 부모님 모두 여든에 접어들어 더 늦으면 먼 거리 여행은 할 수 없을 것 같다며, 나는 직장 일로 일정 잡기가 어려우니 자기가 모시고 갔다 오겠다고 했다. 물론 전에도 가족여행을 가면서 양가 부모님을 모시고 함께 다녀온 적은 있으나, 혼자 모시고 가겠다고 하니 내심 놀라웠다. 너무 고맙고 반가운 마음에 알아서 진행해 보라고 했다. 아내는 친정에 다녀와서 장모님은 허리 상태가 너무 나빠져서 장시간 비행이 무리일 것 같다며, 어머니만이라도 모시고 다녀오겠다고 했다. 그 말을 듣는 나는 내 귀를 의심했다.

우리의 결혼이 순탄하지만은 않았다. 아내는 경상도 여자여서 아버지의 반대도 심했고 어머니도 내심 탐탁지 않게 생각하셨다. 당시만 해도 여기저기 혼수 자리가 많이 들어와 주말에 전주에 내려오면 선을 보러 다니기에 바빴었다. 어머니의 입장에서는 애지중지 키운 큰아들이기도 하고 내 자식이 최고의 신랑감이라 여기시고 있던 터라, 전주에서 괜찮다는 신붓감을 골라 장가를 보내려고 마음먹고 계시던 참이었다. 그런데 내가 어느 순간부터 선을 안 보겠다고 하고 경상도 여자와 결혼을 하겠다고 하니 어머니로서는 마음에 들 리가 없었을 것이다.

지금 당장은 마음에 들지 않겠지만 두고 보면 틀림없이 부모님에게 잘하는 괜찮은 며느리가 될 거라는 끈질긴 설득 끝에 결혼을 했다. 그 후 아내는 부모님의 무관심에도 변함없이 며느리의 역할을 충실히 하며 지내왔다. 아내는 다소 무뚝뚝한 면이 있기는 하지만 심지가 곧고 생활력이 강하며 작은 일에 일희일비하지 않고 쉽게 변하지 않는 심성을 가지고 있다. 지금이야 장난도 잘하고 애교도 많아졌지만 그때만 해도 잔정이 없다는 말을 듣곤 해서 서운해한 적도 많았었다.

아내는 결혼을 하고 얼마 되지 않아 여행을 계획하면서 부모님이 아직 제주도를 못 가봤으니 모시고 가자고 했다. 그때 부모님은 처음 비행기를 타고 제주도에 갔다. 아버지는 여행기간 내내 큰손자 손을 잡고 다니시며 어린아이처럼 웃고 즐거워하셨다. 그때 행복해하시던 아버지의 모습은 영원히 잊히지 않는 생전의 마지막 모습이 되었다. 그 후 중국으로 가족여행을 갈 때에도 아내는 장인어른, 장모님, 어머니를 모시고 갔다. 덕분에 같이 간 일행들로부터 우리 가족은 조금 특이한 사람들로 부러움의 대상이 되기도 했다.

아내와 어머니는 취미가 비슷하다. 둘 다 꽃 가꾸기를 정말 좋아한다. 둘이 꽃에 대해 이야기할 때면 곁에 있는 나는 보이지도 않는 듯하다. 봄이 되면 주말마다 어머니와 아내를 꽃집이나 농원으로 모시고 다니는 기사 노릇을 하는 게 연례행사가 된 지도 여러 해가 되었다. 요즘은 꽃값이 올라 같은 종류를 두 그루씩 사기에는 부담이 된다면서 한사코 종류별로 한 그루만 사서 각자 나누어 애지중지 키워 새끼치기를 하기에 분주하다.

남자들은 여자들 옷 사는 데 따라다니는 것이 힘들다고 한다. 그러나 꽃을 사러 다니는 곳에 따라다니지 않아 봐서 하는 소리이다. 옷이야 백화점에 모셔다만 드리면 알아서 찾아다니니 한 곳에서 기다리거나 조금 더 신경을 쓴다면 따라다니며 예쁘다는 추임새만 넣으면 되지만, 꽃을 고르는 일은 그리 간단하지가 않다. 꽃집이나 농원이 주로 외곽에 있다 보니 찾아가는 거리도 적잖을뿐더러, 계절에 따라 들어오는 꽃이나 나무가 수시로 바뀌므로 갈 때마다 새로운 종류를 모두 살펴보는 데 시간이 만만치 않게 걸린다.

내가 보기에는 그게 그 꽃 같은데 우리 집 여자 분들의 눈에는 결코 같은 꽃이 한 그루도 없다. 보는 꽃마다 꽃 이름이며, 야생이 되는지, 한해살이인지 다년생인지, 물은 얼마나 자주 주어야 하는지, 겹인지 홑인지, 씨앗인지 뿌리인지 등등을 이야기하며 궁금한 것들을 물어보고 살피다 보면 끝이 없다. 그것도 한 번에 사지도 않는다. 주말 내내 여러 곳을 들러 가장 저렴하면서도 가장 예쁘고 꽃봉오리가 많이 맺혀 있는 꽃집으로 다시 가서 구매를 한다. 사정이 이렇다 보니 옷 사는 곳에 따라다니는 것은 일도 아니다. 그래도 전혀 힘이 들지 않는다. 어머니와 아내의 죽이 이렇게나 잘 맞는데 힘이 들 리가 없다.

올해가 어머니 팔순이다. 아내는 혼자되신 어머니를 위해 원하시는 곳으로 여행을 다녀오겠다고 하였다. 어머니는 유럽에 가시고 싶다고 했다. 어머니의 연세를 생각하면 다소 무리여서 가족들은 걱정이 되었으나, 어머니의 의견을 존중해 드리기로 했다. 예약이 확정되자 어머니는 여행준비로 바빠졌다. 마치 여대생이 첫 미팅을 나가는 것처럼 하루하루 즐거움과 설렘으로 들떠있었다. 자식들과 손자들이 모두 나서서 어머니의 여행을 준비해 드렸다. 매일 매일 시어머니와 며느리가 여행을 위해 통화도 하고 만나서 준비물도 구입하고 여행에 대한 이야기를 나누었다.

곁에서 이런 모습을 보는 내내 마음이 아팠다. 평생을 변함없이 어머니 곁에 있으면서 병원도 같이 다니고, 입원하면 밤낮을 함께하며 수발을 들어드리고, 수시로 찾아뵙고 말동무도 되어드리고, 우리가 가는 곳이면 어디든 모시고 다니는 며느리에게 아직도 마음을 열지 못하는 어머니가 안타깝다.

여행 내내 어머니는 며느리만을 의지하고, 며느리는 어머니만을 위하며 지낼 것이다. 이제 시어머니와 며느리가 아닌 엄마와 딸로 돌아오길 바라본다. 고부사랑이 아닌 모녀사랑으로.

접이식 밥상

접이식 밥상을 메고 고개를 넘는다. 20리가 넘는 길을 걸어가야 한다. 밥상은 무명으로 만든 줄로 묶어 어깨끈을 만들어 양팔에 끼워 메고, 양손엔 책 보따리와 이불 짐을 들고 있다. 옥정호에 물이 차면 버스가 다니는 도로가 잠겨 읍내에서 할머니 집까지 산등성이를 타고 고개를 넘어가야 한다. 산골 마을은 해가 빨리 져서 서두르지 않으면 어둠에 갇혀버릴 수 있다. 고갯마루에서서 동네를 내려다보니 할머니 댁이 한눈에 들어온다. 낮은 지붕 굴뚝에서는 손주의 저녁 준비를 하느라 연기가 신이 났다. 마당에는 닭들이 모이를 쪼아 먹느라고 분주하다. 정지와 우물을 정신없이 다니시는 할머니의 모습이 반갑다. 앞으로 얼마나 오랫동안 이곳에 머물게 될지 생각해 본다.

할머니가 사시는 곳은 임실에 있는 옥정호 상류 산골 마을이어서 버스가 하루에 네 번만 다닌다. 비라도 와서 호수에 물이 불면 도로가 잠기어 읍내에서 내려 걸어가야만 하는 오지였다. 물론 지금은 도로도 새로 놓고 읍내도 이전하여 조성되고 옥정호의 제방도 정비되어 비가 와도 버스 다니는 데는 아무런 문제가 없다. 30년 세월의 흐름에 예전 모습은 흔적을 찾을 수 없다.

대학 1학년 겨울방학에 짐을 지고 고개를 넘어 할머니 댁에 갔다. 명절이면 어머니 손을 잡고 하루 이틀씩 찾긴 하였어도 두 달 정도를 혼자 가서 생활한 것은 그때가 처음이었다. 손주가 온다고 아궁이에 장작을 얼마나 땠는지 방바닥 전체가 앉을 수도 없을 정도로 지글지글 끓었다.

대충 짐을 풀고 저녁을 먹었다. 따뜻한 김이 모락모락 오르는 쌀밥은 고봉으로 쌓이고, 장날 미리 준비하셨을 조기와 계란은 밥 짓는 솥에 넣어 익혀 밥내음을 품고 있으며, 항아리에서 적당히 익은 김장 김치와 산나물로 한 상 가득히 내주셨다. 식사를 마칠 무렵 가마솥에서 끓인 숭늉까지 마주하니 그보다 더한 진수성찬이 없었다.

저녁을 마치고 대청마루에 앉았다. 멀리 산등성이의 윤곽만 하늘과 지상을 나누고 온통 깜깜했다. 반짝반짝 선명하게 박혀 빛나는 별들은 도시에선 절대 볼 수 없는 장관이었다. 멀리선 짐승 울음소리가 들리고 마을 앞 개울에선 물 흐르는 소리가 적막을 흔들고 있었다. 잠자리를 펴고 할머니와 누워 이런저런 이야기를 나누며 첫날 잠을 청했다.

산골 마을은 겨울에 할 일이 거의 없다. 눈이라도 많이 내리면 교통이 끊겨 오도 가도 못하는 처지이다. 남자들은 꿩을 잡기 위해 콩에 구멍을 내어 '싸이나'를 넣기도 하고, 토끼나 고라니를 잡기 위해 덫을 준비한다. 산짐승 날짐승이라도 잡은 날이면 동네잔치가 벌어진다. 할머니가 잔칫집에서 가져와 처음으로 날고기를 먹어보기도 했다. 여자들은 주로 사랑방에 모여 고구마나 감자를 앞에 두고 여름내 지친 심신을 추스르며 수다를 떠는 것이 유일한 놀이였다. 가끔은 맘 맞는 사람끼리 날을 잡아 시내로 마실을 갔다. 남부시장에서 옷도 사고 미용실에 들러 파마도 하고 오랜만에 식당에서 저녁까지 해결하고 돌아오는 것이 낙이기도 했다.

아침에 일어나면 접이식 밥상을 펴고 수험서를 펼쳤다. 들쳐 메고 간 밥상이 책상 역할을 했다. 방바닥에 장시간 앉아있다 보면 온몸이 쑤셔 허리도 펼 겸 해서 마당으로 나섰다. 산골이라 유독 추운 날씨에 동네 사람들은 보이지 않고 할머니만 손주 뒷바라지에 여기저기 종종걸음이 바빴다.

매일같이 세숫물과 빨래를 위해 개울을 몇 차례씩 다니시곤 했다. 장날이면 계란이며 야채며 주전부리를 사러 왕복 40리 읍내를 다니시곤 했다. 명절 무렵 동네에서 돼지라도 잡는다는 소문이 돌면 할머니는 남들보다 먼저 웃돈을 주고 맛난 부위를 주문하시길 놓치지 않았다. 내가 머무는 방학 동안엔 할머니는 사랑방에도 가지 않으셨다. 오직 내가 불편하지 않도록 온통 나에게 매달리셨다.

산골 마을의 여름은 너무도 다르다. 해가 뜨기가 무섭게 모든 동네 어른들은 밭으로 나간다. 이른 일을 마치고 집에 와서 아침을 먹기가 바쁘게 다시 밭으로 내달린다. 새참이 나가고 해가 저물어갈 무렵 집으로 돌아와 늦은 저녁을 먹고 바로 잠자리에 든다. 여름에는 모두 일만 하는 것 같다. 나의 일상도 별반 다르지 않았다. 새벽녘 소달구지 소리에 깨어 접이식 밥상을 펴고 자리에 앉는다. 한여름 불볕에 땀줄기가 멈추지 않을 지경이 되면 할머니가 개울에서 시원한 물을 길어 와 등목을 해주신다. 저녁은 모기와의 전쟁이다. 산골의 모기는 한번 물면 물집이 잡힐 정도로 억셌다. 할머니는 낮에 말린 풀을 쌓아 모깃불을 놓았다. 잠자리에 들기 전에 개울가로 내려가 목욕을 하고 냉기를 안고 잠을 청했다.

방학이면 할머니 집에 왔다가 개학을 맞아 올라가기를 세 번이나 했다. 할머니는 내가 가면 정신없이 바쁜 시간을 보내셨다. 죄송한 마음에 힘드시지 않느냐고 물으면 내가 와서 오랜만에 사람 사는 집 같아서 좋다고 하셨다.

3학년이 되면서 본격적인 공부를 위해 장소를 다른 곳으로 옮기게 되었다. 가는 것도 내 마음대로 하고 가지 않는 것도 내 마음대로 하는 것 같아 죄송한 마음에 직접 말씀도 드리지 못했다. 어머니를 통해 들으니 할머니가 접이식 밥상이 없으면 어떻게 공부를 하냐며 가져다주겠다고 하여 다른 곳엔 책상이 있으니 그냥 두라고 하셨다고 알려주었다.

그 후 졸업하고 입대하고 취업 준비하느라 바쁜 일상을 보내며 할머니 댁에는 자주 찾아가지 못했다. 어쩌다 들러도 인사만 드리고 바로 올라오곤 하였다. 직장을 잡고 할머니 댁에 가서 하룻밤 묵고 올 기회가 있었다. 저녁 식사를 하고 오랜만에 대청마루에 마주하게 되었다. 할머니는 여러 겹의 종이에 싸고 헝겊으로 잘 묶은 접이식 밥상을 꺼내 보여 주셨다. 언제 다시 와서 공부를 할지 몰라서 가지고 있었는데 이제 취직을 했으니 가지고 가라고 하셨다. 오랜 세월 까맣게 잊고 있던 밥상을 보면서 울컥했다.

할머니는 내가 떠난 후에도 손주와 함께했던 시간에 갇혀계셨던 것은 아닌가 생각했다. 홀로 남아있는 밥상을 보면서 나처럼 대했을 할머니의 마음에 한없이 숙연해졌다. 할머니를 위해 밥상을 가지고 왔다. 할머니가 떠나신 지 오랜 세월이 흘렀다. 아직도 접이식 밥상을 보면 할머니가 그리워진다.

아버지 수업

허름한 식당에 탁자를 마주하고 앉아있었다. 단둘이 자리를 한 것은 그게 처음이었다. 서로 아무런 말도 하지 않았다. 아니 할 수 없었다는 말이 더 정확한 표현일 것이다. 그렇게 무거운 침묵이 흐르고 주인장만 상차림에 바쁜 걸음을 종종거리고 있었다. "밥 굶고 있을 것 같아서 고기라도 사주려고 왔다." 나는 지금도 이 말씀 한마디로 힘든 이 세상을 살아내고 있다.

나의 아버지는 교과서의 표현을 빌리면 우리나라 산업화를 위해 최전선에서 일생을 바친 공장 노동자이셨다. 아버지는 비가 오나 눈이 오나 작업복 차림에 도시락을 짐받이에 묶고 이십 리가 넘는 공장까지 하루도 빠짐없이 출퇴근을 하셨다.

당시만 하여도 노동자의 희생을 기반으로 경제 성장이 이루어지고 있던 시절이라 공장 노동자의 생활은 정말 어렵고 힘들었다. 우리 가족은 당신 세대에서 가난의 세습을 끊어버리려는 아버지의 고단한 삶으로 지탱되고 있었다. 이런 아버지의 무모함이 어머니에게는 인내하기 힘든 시간이었을 거라는 생각도 든다.

어릴 적 가족 나들이라곤 완산칠봉에 있는 팔각정에 오르거나, 한여름에 초포다리 밑으로 물놀이를 가거나, 단오절이면 덕진공원에서 사람들 구경을 하거나, 부처님 오신 날에 금산사에서 공짜 공양을 하는 것이 전부였다.

한번은 어머니가 계모임에 다녀와서 다른 집은 외식을 자주 해서 음식 먹은 자랑을 하는데 당신은 외식을 못 해 아는 음식이 없다 보니 한마디도 못하였다고 투정을 하시자, 이를 듣고 계시던 아버지가 다음에 식당에 가서 메뉴판을 하나 가져다주겠다며 핀잔을 하였다는 일화는 아직도 어머니의 대표적인 고생담으로 남아있다.

그런 아버지가 나에게 돼지고기를 사주시기 위해 절간을 찾아오신 것이다. 거듭된 낙방으로 집에도 가지 못하는 자식이 끼니를 굶고 있지나 않을까 걱정이 되신 것이다. 아버지의 살가운 모습을 그때 처음 보았다. 이렇게 따뜻하신 분이 자신의 모습을 숨기고 냉정하고 지독한 모습으로 사시느라 얼마나 괴로우셨을까 생각하면 아직도 가슴이 아려온다.

내가 고등학생이었을 때에 자전거를 타고 학교에 다니면서 아버지가 보고 싶으면 공장에 들르곤 하였다. 하루는 한참 어려 보이는 젊은이가 아버지에게 뭐라고 언성을 높이고 있는 것을 보게 되었다. 나는 다짜고짜 달려가서 그 젊은이에게 왜 아버지에게 소리를 치느냐고 따졌다. 아버지는 아무런 말씀도 하지 않으며 나를 동료들에게 맡기고 그 고객의 항의를 다 듣고 계셨다. 아버지는 그렇게 나를 가르치셨고 나의 갈 길을 알려주셨다. 그 일을 계기로 삶의 방향이 더욱 선명해졌고, 아직도 나는 그 방향으로 열심히 가고 있다.

대학에 다니면서 아버지가 다니시던 공장이 어려워져서 우리 생활도 더욱 힘들어져 갔다. 학기가 바뀌면 아버지와 어머니가 새벽녘까지 등록금 마련을 걱정하며 어디서 돈을 빌려야 할지 막막해하시던 모습은 아직도 나의 가슴에서 지워지지 않는 멍으로 남아있다.

아버지에 대한 기억은 애증 그 자체이다. 왜 남들처럼 잘살지 못해서 가족들을 그렇게 고생시켰는지 하는 원망과 정말 찢어지게 가난했음에도 4남매의 학업은 끝까지 책임져 주심에 대한 감사함이 함께하고 있다.

아버지의 바람에 미치진 못했지만 직장을 잡고 결혼도 하여 일가를 이루었다. 아버지는 일생에 처음으로 비행기를 타고 제주도에 갔다. 큰손자의 손을 잡고 어린아이처럼 마냥 즐거워하시던 모습은 아직도 눈에 선하다. 아버지도 환하게 웃으실 수 있다는 사실도 그때 알았다. 아버지는 그렇게 환하게 웃는 모습을 마지막으로 내 곁을 떠나가셨다.

우리는 누구나 인생을 처음 살아가고 있다. 그래서 자식의 역할도 처음이고, 아버지의 역할도 처음이고, 남편의 역할도 처음이다. 때론 실수도 하고 잘못도 하고 가족을 아프게도 하고 실망시키기도 하고 후회하기도 하며 살아간다.

한때는 아들을 키우면서 너무 힘들고 버거워서 아버지에 대한 교육도 없이 덜컥 아버지가 되게 한 우리나라 교육제도를 원망한 적이 있었다. 학교 학습 과정에 아버지 교육이 있어서 아버지가 되기 위한 수업을 미리 받았으면 좀 더 아버지의 역할을 잘할 수 있지 않을까 하는 생각이 들곤 했다.

아버지는 학교 배움이 짧다. 아버지는 나에게 어떤 게 옳고 그른지, 어떻게 살아가야 하는지, 어떤 사람이 되어야 하는지에 대해 아무 말씀도 하지 않으셨다. 그래도 나는 안다. 나는 아버지가 살아오신 모습에서 인생의 모든 것을 배웠고 아직도 배우고 있다.

아내는 내가 아버지를 닮아가는 것 같다는 말을 종종 한다. 나의 아들도 나를 보며 아버지 수업을 받고 있을 것이다. 그런 아들에게 나는 어떤 모습의 아버지일까. 두렵고 걱정이 된다.

어머니의 마음

"내장산 가본 지도 오래됐네." 어머니가 텔레비전을 보다가 올해 단풍 시기에 대해 나오자 말씀하셨다. 나도 내장산을 마지막으로 가본 지가 언제인지 생각해 본다. 아이들 초등학교 때 갔다 오고 그 후로는 안 가본 것 같으니 벌써 10년이 넘었나 보다. 어머니의 말씀이 귓전에 맴돌면서 올해는 꼭 모시고 가리라 마음먹었으나 회사 사정이 여의치 않았다. 차일피일 미루다 보니 내장산 단풍 절정기를 놓치게 되어 내장산이 아닌 순창 강천산으로 일정을 변경했다. 평일 시간을 내서 가고 싶었으나 휴가를 내지 못해 주말에 가기로 했다.

아침 일찍 어머니를 모시고 순창으로 향했다. 날씨도 좋고 차량도 별로 막히지 않고 어머니의 기분도 조금 들떠있는 듯 보였다. 강천산에 거의 다다를 즈음 이정표에 내장산으로 가는 안내판이 보였다. 잠시 망설이다가 어렵게 나선 길이니 이왕이면 어머니가 가고 싶어 한 내장산으로 가기로 방향을 바꾸었다. 어머니도 내심 내장산에 가고 싶으셨는지 무척 좋아하셨다. 이른 시간이고 절정기가 지났는데도 사람들이 무척 많았다. 30분 정도 기다리다 주차를 하고 어머니와 둘이 단풍 구경을 하기 시작했다. 거의 하루도 거르지 않고 매일 두세 시간 정도를 걷는 어머니는 사찰 버스를 타지 않고 걸어가자고 하셨다.

내가 부모님을 따라 내장산에 간 것은 초등학생 시절이 처음이자 마지막이었던 것 같다. 당시만 하여도 차량이 많지도 않았고 당연히 승용차도 없던 때라 어디를 간다는 것은 시간도 오래 걸리고 과정도 힘든 일이어서 일 년에 한 번이나 나설까 하였다. 아버지를 따라 터미널까지 걸어가서 표를 끊고 시외버스를 타고 내장산 입구에 도착하였다. 단풍철이라 내장산 입구는 사람들로 북적였다. 매표소에서 표를 끊고 내장사로 향하는 평평한 길을 따라 한참을 걸어 들어갔다. 아버지는 옛날 사람이라 가족을 챙기는 것은 어머니의 일로 여겨 혼자 씽씽 앞서가셨다. 어머니는 구경은 고사하고 무리 속에서 4남매의 손을 놓치지 않고 챙기기에 바쁘셨다. 철없던 우리는 단풍 구경에는 관심도 없이 길에서 파는 풍선 같은 장난감이나 솜사탕 같은 먹을 것만 보면 사달라고 보채며 징징거렸다. 사찰에 다다르니 어머니는 이미 파김치처럼 지쳐있었다.

아버지도 딱히 단풍 구경에는 관심도 없이 어머니의 성화에 못 이겨 마지못해 나온 것처럼 보였다. 요즘도 어머니는 다른 집들은 계절마다 꽃구경도 가고 물놀이도 가고 단풍 구경도 다니는데 우리 집만 놀러도 다니지 않았다는 말씀을 하시곤 한다. 내 기억에도 우리 가족이 여행은 물론이고 당일로도 어디를 간 적이 거의 없었던 것 같다. 그러다 보니 그날도 어머니가 수차 재촉을 하여 단풍 구경을 나온 것임이 틀림없었다. 어머니는 잠시 한숨을 돌리고 우리 손을 잡고 사찰 구석구석을 다니며 단풍이 참 곱다는 말을 연신 내뱉으셨다. 그제야 어린 나의 눈에도 제대로 물든 빨간, 노랑, 갈색 잎들이 보이기 시작하였다. 그날 어머니의 손을 잡고 거닐면서 본 잎새들은 지금까지도 가장 멋진 단풍으로 남아있다.

어머니가 구경을 마치기도 전에 아버지는 내려가기 시작했다. 어머니는 아쉬움이 남는지 아버지가 앞서서 사라져도 별 신경을 쓰지 않고 천천히 구경하며 내려갔다. 내장산 입구를 지나 터미널로 가는 도중에 많은 식당이 자리 잡고 있었다. 아주머니들의 권유를 뒤로하고 급한 걸음을 재촉하는데 식당 천막 아래에서 낯익은 모습이 보였다. 먼저 내려온 아버지가 고향 친구들을 만나 막걸리를 드시고 있었다. 아버지는 약주를 좋아하셔서 한번 시작한 술자리는 쉽게 끝내지 않는 성격이었다. 그날도 친구들과 오랫동안 술자리를 하였음은 당연했다.

함께 간 가족들은 이러지도 저러지도 못하고 자리가 파할 때까지 그곳에 잡혀있어야 했다. 돌아오는 길은 시외버스가 콩나물시루처럼 사람들로 가득 차있어 도착할 때까지 꼼짝하지 못하고 끼어있었다. 거기에 더해 약주를 한 잔씩 하신 아저씨들로 인해 버스 속은 숨을 쉴 수 없을 정도로 고약한 냄새와 소란으로 가득했다. 아름다운 추억이 되어야 할 단풍 구경은 돌아오는 길의 고행으로 힘든 여정이 되어버렸다. 밤늦게 집에 도착한 어머니는 아버지와 다시는 단풍 구경을 가지 않겠다고 공언하셨고, 그 후 가족이 함께 단풍 구경을 간 기억은 거의 없다.

오늘 하루만큼은 오롯이 어머니의 단풍 구경이 되기를 바랐다. 보폭도 맞추고 어머니가 눈길 주는 곳에 나의 눈길도 머물며 유독 꽃을 좋아하시는 취향에 맞게 길가에서 만나는 꽃송이도 빠짐없이 마주하며 걸었다. 어머니는 꽃마다 이름을 불러주며 고운 단풍마다 예쁘다는 칭찬을 아끼지 않으셨다. 1인 미디어 시대답게 여기저기 사진 찍는 사람들의 모습도 단풍 구경만큼이나 흥미로운 구경거리였다.

어머니에게도 사진을 권하였으나 늙으면 사진도 밉게 나온다며 한사코 싫어하시는 것을 내가 찍고 싶어서 그런다며 간신히 두 장을 건졌다. 멀리서 노랫소리가 들리기 시작했다. 소리를 따라 발길을 재촉하니 세 명이 잔디밭에서 버스킹을 하고 있었다. 나보다 젊지만 제법 나이가 있는 분들이 하는 버스킹이라 발길을 멈추고 들어보았다. 관중을 사로잡는 건 역시 트로트였다. 김연자의 〈아모르파티〉를 부르기 시작하자 한순간 관객의 반응은 최고조가 되었다. 어머니도 트로트를 좋아해서 그 자리에 서서 노래를 따라 부르며 잠시나마 흥겨운 시간을 보냈다. 나도 가끔은 고집하던 장르에서 벗어나 사람들이 좋아하는 노래도 불러야겠다는 생각을 했다.

대웅전 앞에 섰다. 어머니의 시간을 드리기 위해 자리를 벗어나 망루에 올랐다. 망루에선 사진전을 하고 있었다. 한참이 지나 대웅전에 가보니 어머니는 접수처 마루에 앉아계셨다. 내장산에 오랜만에 오시니 어떠냐고 물어보니, "너희 아버지도 오셨으면 좋아했을 텐데."라고 한다. 어머니는 가부장적인 아버지 때문에 많이 힘들어하셨다. 그래도 가정에 좋은 일이 생기거나 맛있는 음식을 드시거나 좋은 곳에 가면 아버지에 관한 말씀을 잊지 않으신다. 그러고 보니 나도 온종일 뭔가 잃어버린 것 같고 허전했다. 어머니가 그리 오랫동안 찾지 않던 내장산에 가고 싶다고 하신 이유를 생각해 본다. 평생을 가슴에 묻고 사셨던 아버지에 대한 미움을 버리고 싶으셨는지 모르겠다. 주차장으로 향하는 어머니의 발걸음이 조금 가벼워 보이는 것은 나만의 느낌일까.

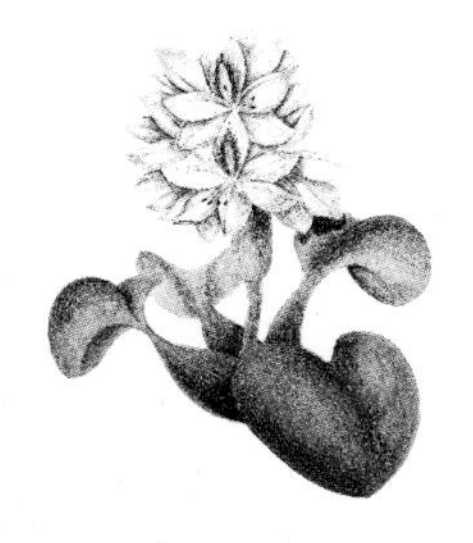

금강 하구에서

해안가 물길을 따라 자전거를 타고 신나게 달린다. 멋지게 차려입은 라이더들이 앞질러 스쳐 지나간다. 아직 경력이 일천한 나는 질주보다는 주변 경관이나 멀리 도심 불빛들을 바라보며 여유롭게 즐기는 것을 더 좋아한다. 바닷바람이 시원하게 얼굴에 닿으면 굴레에서 벗어난 것처럼 기분이 상쾌해진다. 달리는 길 왼편에 위치한 바다 풍경은 이곳이 군산이란 걸 새삼 깨닫게 해준다. 저물어 가는 금강 하구에 떠있는 배들을 보니 아직도 일이 남아 집에 가지 못하는 삶의 고단함이 전해 온다. 군산에서 바라보는 서천 하늘의 노을빛은 붉다기보다 검푸르고, 진회색이 강렬하게 느껴진다.

금강 하구둑을 뒤로하고 한참을 달려 나포 삼거리에 다다르면 해가 뉘엿뉘엿 저물어 주위가 어두컴컴해진다. 라이더들도 본격적인 야간 라이딩을 위해 자전거의 라이트를 켜기 시작한다. 나포 삼거리는 집에서 한 시간 정도 거리라 퇴근 후에 나서기에 부담이 없다. 이곳에서 잠시 휴식을 취하며 언젠가 대청댐까지 종주를 하리라 다짐해 본다.

군산으로 직장을 옮기면서 무얼 할까 고민을 하다가 자전거 타기에 더없이 좋은 금강 자전거길이 있다는 사실을 알게 되었다. 금강을 따라 달리는 자전거 길은 인도나 차도와 분리되어 있는 전용도로여서 야간 라이딩을 즐기기에 크게 위험하지 않다. 오가는 라이더들을 만나면 친근하고 반갑다. 돌아오는 길은 완전히 깜깜해져 자전거의 불빛만 라이더의 위치와 이동 속도를 가늠할 수 있게 해준다.

금강 하구의 바닷물이 빠지자 갯벌 위에 덩그러니 올려져 있는 배들의 모습이 인적 없는 섬처럼 외롭다. 누군가는 갯벌 위의 배를 보고 관광객을 위해 장식용으로 어선을 설치해 둔 것 같다며 사뭇 진지하게 추론을 하기도 하였다. 견인선 없이는 움직일 수 없는 새우잡이 멍텅구리배라는 사실을 나중에 알게 되면서 바다에 갇힌 배의 모습이 아버지의 과거를 보는 듯 아리었다.

평생 봐왔던 아버지의 모습은 항상 기름때 낀 작업복 차림이었다. 자식 결혼식 날 외엔 양복을 입은 모습을 본 적이 없다. 옷은 깨끗하기만 하면 된다며 반듯한 옷 한 벌 제대로 없이 허름한

차림으로 평생을 사셨던 분이다. 어린 시절 제대로 배우지도 못하고 일찍 공장 일을 배워 부모님과 형제자매들의 생계를 책임지고, 결혼 후엔 빈손으로 출가하여 한 가정을 꾸리며 하루하루 버거운 삶을 지탱하셨다.

아버지의 모습을 생각하니 멍텅구리배와 같다는 생각이 든다. 감당하기 힘든 멍에를 지고 평생을 바다에 갇혀 고되고 힘든 일상을 버텨내야만 했다. 자식에게만은 멍텅구리배와 같은 처지를 남겨주고 싶지 않았을 것이다. 마음 한편 자식이 자신을 바다에서 꺼내줄 견인선이 되어주기를 바라셨는지도 모르겠다. 고장이 나거나 폐선이 되어야만 견인선에 끌려 육지에 상륙할 수 있는 멍텅구리배처럼 아버지는 한 번도 제대로 쉬지 못하고 질곡의 바다에서 평생을 사시다가 생을 마감하고서야 그곳에서 빠져나올 수 있었다.

밤이 깊어지자 인도를 따라 운동하는 사람들이 많아진다. 다정한 부부의 모습도 보이고, 사랑하는 연인들의 모습도 보이고, 운동복을 차려입고 힘껏 달리는 젊은이들도 있고, 반려견과 함께 호흡을 맞추며 걷는 어르신들도 있다. 모두들 저녁 식사를 마치고 가을 날씨를 만끽하고 싶어 소파의 달콤한 유혹을 떨치고 나왔을 것이다. 정말 잘 나왔다고 스스로를 대견해하는 듯 걷는 모습들이 밝고 즐거워 보인다. 이 길을 걷는 모든 사람들이 같은 마음으로 서로에게 반가운 인사를 건네는 듯하다.

이제 일상으로 돌아가야겠다. 집에서 5분 거리도 되지 않는 곳이지만 금강 하구에 오면 다른 세상에 온 듯하다. 매일 매일의 일상에서 잠시라도 벗어나고 싶을 때 찾는 곳이어서 그런가 보다. 집 앞 편의점에서 커피 한 잔을 마주하니 가을 속으로 깊이 빠져든다. 가을 풍경은 그 자체로 어느 카페의 귀한 소품이나 고급스런 인테리어보다 멋스럽다. 내일도 아버지와 함께 이 길을 달리고 싶다.

#꽃밭에서

어머니는 노래를 듣고 부르는 것을 무척 좋아하신다. 여든이신 지금도 노래교실을 빠지지 않고 다니며 열심히 배우고 계신다. 주말이면 찾는 어머니 집에서는 항상 최신 가요가 흘러나오고, 주방 일을 하시면서 흥얼거리는 노랫가락은 들어보지 못한 곡들이 대부분이다. 언제나 최신 곡을 배워 한동안 부르시다가 나의 귀에 익숙해질 만하면 다시 새로 나온 신곡을 배워 부르시기 시작하니 나로서는 어머니의 노랫가락을 따라가기가 쉽지 않다.

몇 달 전 어머니가 외손녀의 성악 발표회를 보고 싶다고 하여 큰애가 어머니를 모시고 광주에 다녀온 적이 있다. 큰애가 광주에 갔다 오는 동안 할머니가 좋아하는 곡이 무엇인지 물어서 노래를 계속 틀어드렸다고 한다. 광주에 다녀오신 어머니는 외손녀의 성악에 대한 이야기보다는 어머니가 좋아하는 노래를 틀어

준 큰애에 대한 이야기를 더 많이 하셨다. 큰손주가 대견했나 보다. 운전하면서 자기가 좋아하는 곡을 들으며 갈 법도 한데 굳이 할머니가 좋아하는 곡을 물어봐서 틀어드렸다고 하니 어머니가 좋아하실 수밖에 없었을 거라 생각된다. 그 후에도 어머니는 가끔 그때의 일을 이야기하시곤 한다.

나도 노래 부르기를 좋아한다. 아이 키우고 일상에 쫓기다 보니 라디오에서 나오는 곡을 따라 하거나 무료할 때 좋아하는 곡을 흥얼거리는 정도에 만족했었다. 3년 전 우연한 기회에 밴드 보컬을 배울 기회가 있었다. 그 후 통기타를 치며 노래를 부르는 것이 일상에서 큰 비중을 차지하게 되었다. 나의 끼도 어머니로부터 물려받은 것임이 틀림없다.

통기타를 메고 처음 남들 앞에서 노래를 불렀던 기억이 난다. 너무 떨려서 2절로 끝나야 하는 곡인데 1절을 한 번 더 해서 악보에도 없는 3절까지 불렀었다. 떨리는 긴장감을 느끼기 위해 무대에 선다고는 하지만 아직도 무대 공포증이 남아있어 무대에 설 때마다 느껴지는 팽팽한 떨림은 앞으로도 가시지 않을 것 같다.

어머니도 노래를 좋아하고 나도 노래를 좋아하지만 어머니와 같이 노래를 불러본다는 생각은 해본 적이 없다. 어머니와는 부르는 노래의 장르도 다르고 함께 노래를 불러볼 기회도 없었다고 변명해 본다. 어머니가 좋아하는 노래조차 제대로 알지 못하니 변명이 초라할 뿐이다.

어머니와 내가 같이 노래를 부른 것이 언제인지 생각해 본다. 초등학교 5학년 때 전교생을 대상으로 부모님과 함께 동요 부르기 대회가 있었다. 나와 어머니는 〈꽃밭에서〉란 곡을 불렀다. 나는 두 손을 앞으로 가지런히 모아 잡고 어머니와 같이 노래를 불렀다. "아빠하고 나하고 만든 꽃밭에 채송화도 봉숭아도 한창입니다." 전교생이 모인 강당에서 불렀음에도 그때는 떨지 않았던 것 같다. 아마 작은 어깨를 감싸 안고 함께 불러주시던 어머니가 곁에 계셨기 때문이라 생각한다.

어머니와 같이 노래를 불러 최우수상을 받았다. 처음 어머니와 같이 노래를 불러 상을 받은 것이다. 요즘도 어머니는 그때 일을 말씀하시며 환하게 웃으시곤 한다. 어머니의 집엔 아직도 그 상장이 고이 모셔져 있고, 나도 그때 어머니와 같이 노래를 하던 모습이 생생하게 남아있다. 그 후에는 어머니와 같이 노래를 부른 적이 없다.

어머니의 인생에서 노래는 빠질 수 없는 친구이다. 꽃다운 나이에 어려운 집안에 시집와서 4남매를 키우면서 힘들고 지쳤을 때 유일하게 어머니의 마음을 위로해 주고 안아주었던 것이 노래였다. 어머니가 요즘 좋아하며 부르는 곡이 무엇인지 생각해 보니 쉬 떠오르지 않는다. 오십 년이 넘도록 어머니의 지극한 사랑을 받고 있으면서도 정작 어머니가 좋아하는 노래는 잘 모른다는 것이 서글프다.

며칠 전 어머니와 같이 모악산 도립미술관으로 전시회를 보러 갈 기회가 있었다. 낯간지러움을 무릅쓰고 큰애에게 광주 갈 때 할머니에게 들려드렸던 노래가 무엇인지 물어보았다. 어머니와 미술품을 감상하고 미술관 둘레길을 같이 걸었다. 세월의 무게 앞엔 어머니도 어쩔 수 없으신지 잠시 나무 의자에 앉아 쉬어 가기로 했다.

핸드폰을 꺼내 어머니가 좋아하는 노래를 틀어드렸다. 어떻게 이런 노래를 아느냐며 깜짝 반겨하셨다. 흐르는 곡에 맞춰 조용히 따라 부르시는 모습이 초등학교 강당에서 나의 어깨를 감싸 주셨던 곱디고운 엄마 모습 그대로이다. 이젠 내가 어머니의 손을 잡고 함께 노래를 부르고 있다.

거인 엄마

전에 다니던 초등학교에 가본 적이 있다. 교문을 들어서자 세상이 작아졌다. 동화 속 이야기처럼 눈앞에 펼쳐진 풍경이 모두 작아진 것이다. 운동장도, 스탠드도, 건물도, 나무와 동상도 난쟁이 나라에 온 것처럼 작게 보인다. 갑자기 내가 거인이 된 것이다. 이렇게 작은 학교에 다녔나 싶다. 그때는 친구들과 함께 맘껏 웃고 뛰놀기에 충분할 정도로 넓고 큰 공간이었다. 아이들이 다니는 초등학교에 간 적이 있다. 그곳은 다른 여느 건물과 다를 바가 없었고, 내가 거인이 되지도 않았다. 그럼에도 유독 내가 다니던 초등학교 건물만은 어른이 되어 다시 찾아가 보면 이토록 작게 보이는 이유는 무엇일까?

완산칠봉 자락 아래 자리를 잡은 초등학교에 다녔다. 병풍처럼 둘러싸인 일곱 봉우리의 정기를 받아 인물이 많이 배출되었다고 한다. 나의 졸업기수가 출생년도와 같은 걸 보면 역사도

100년이 훨씬 넘은 유서 깊은 학교이다. 나를 비롯한 모든 형제가 같은 학교에 입학하여 졸업까지 하였다. 다른 학교로 전학이라도 가면 적응을 못해 학업에 지장을 줄 수 있다는 어머니의 고집스런 교육열로 학군을 벗어난 이사는 절대 하지 않았던 것이다. 지금도 동창회에 가면 나의 형제들까지 기억하는 친구들이 많아 나도 모르는 형제들의 어린 시절을 듣곤 한다.

초등학교 학창시절은 온전히 엄마와 함께 기억된다. 그만큼 많이 의지하고 도움을 받으며 성장했던 시기였다는 의미일 것이다. 입학하던 날, 가슴에는 손수건을 달고 엄마의 손을 잡고 학교에 갔다. 처음 본 큰 학교 건물과 끝도 안 보일 정도로 넓은 운동장은 어린 소년의 눈에 신비롭고 경이로운 대상이었다. 반 편성을 위해 운동장에 줄을 서있던 잠깐의 순간에도 자주 뒤를 돌아보며 엄마가 계시는지를 확인해 보곤 했던 기억이 난다. 세상에 막 첫발을 내딛는 아이에게 엄만 누구보다 든든한 존재였다. 몇 개월은 엄마를 따라 등교를 하고 엄마와 같이 하교를 했다. 엄마도 나와 같이 학교를 다닌 것이다.

2학기가 되면서 엄마가 따라다니지는 않았지만 그 후에도 학교생활의 대부분을 엄마와 같이했다. 매일 숙제도 봐주고, 준비물도 챙겨주고, 도시락도 챙겨주고, 비라도 오면 엄마는 우산을 들고 항상 교문 앞에 서 계셨다. 방학 때면 곤충잡이도 같이 하고, 종이접기도 같이 하고, 그림일기도 같이 썼다. 몸이라도 아플 때면 아파도 학교에 가서 아파야 한다며 열이 나는 나를 업어 교실까지 데려다주고 수업이 끝날 때까지 교실 밖 복도에 서 계셨던 엄마다. 결석이라도 하면 무슨 큰일이라도 난다고 생각하셨던 것 같다.

학교에서 엄마의 별명은 애 업은 엄마였다. 자식에 대한 사랑이 남달랐던 엄마는 맡길 곳이 마땅치 않은 동생들을 잡고 업고 수시로 학교에 오셨다. 우산을 가져올 때도, 선생님 면담 때에도, 학예발표회에도, 소풍을 따라올 때도 엄마의 등에는 항상 동생이 있었다. 그러고 보면 동생이 공부를 잘했던 이유가 입학도 하기 전에 엄마의 등에 업혀 미리 학교를 다녔기 때문인지도 모르겠다. 그런 엄마의 극성이 오늘의 내 모습을 만들었음도 부인할 수 없다. 네 명의 아이들을 키우는 동안 엄마의 등에는 항상 포대기에 싸인 아이가 있었다.

초등학교 시절 엄마는 나에게 거인이었다. 아무리 무섭고 두려운 일이 있더라도 엄마가 손만 잡아주면 아무 걱정이 없었다. 비가 오면 우산이 되어주었고, 추우면 따뜻한 외투가 되어주었고, 힘들면 안아주시고, 운동회에선 나와 보조를 맞추며 달리기를 하셨고, 학예회에선 나의 손을 잡고 함께 노래를 부르셨다. 엄마는 뭐든 못하는 게 없는 만능이셨다. 그땐 이 세상에 엄마가 전부였다. 나는 엄마에게 전적으로 의지하고 기대며 자랐다.

완산칠봉 아래 누군가 꽃동산을 조성하여 봄이 되면 매년 전국에서 수많은 사람들이 철쭉을 보기 위해 찾아오는 명소가 있다. 꽃을 좋아하시는 어머니를 모시고 구경을 갔다. 꽃구경을 마치고 어머니와 함께 꽃동산 옆에 내가 다녔던 초등학교에 들렀다. 색을 입혀 깔끔하게 단장된 학교 모습이 조금 낯설게 한눈에 들어왔다. 학교 건물도, 이순신 장군 동상도, 생각하는 로댕 동상도, 정문도 대부분 예전 모습을 그대로 간직하고 있었다.

어머니는 세월을 거슬러 오래전 학교 속으로 빨려 들어가는 것 같았다. 어머니는 회한에 잠기어 교정 앞에 한참을 서 계셨다. 나는 이방인처럼 엄마의 모습을 바라보았다. 내 손을 잡고 등교하는 엄마, 함께 운동장을 뛰고 있는 엄마, 정문에서 우산을 들고 서 계시는 엄마의 모습이 아련히 다가왔다. 그 속에 서 계시는 어머니의 모습이 점점 작아져 보이기 시작했다. 나는 얼른 달려가 어머니의 손을 꼭 잡아드렸다. 어머니의 거친 손에서 세월의 무상함이 전해 왔다. 어머니와 함께 스탠드에 앉았다. 어머니는 젊은 시절 20년 동안을 이 학교와 함께하셨다. 그 오랜 세월을 거인으로 살아내시느라 얼마나 버겁고 힘들었을까 생각해 본다.

이제 어머니는 많이 연로하셨다. 전처럼 우산을 가지고 오지도, 함께 달리기를 하지도, 같이 종이접기를 하지도 않는다. 그래도 여전히 차 조심을 하라고 하고, 건강에 좋은 음식을 먹으라고 하며, 몸도 혹사하지 말고 잘 쉬라고 걱정을 하신다. 이제는 초등학교 시절 모든 것을 해결해 주시던 젊고 힘센 만능의 엄마는 아니다. 그래도 여전히 나를 보호해 주고 의지하게 하고 편히 쉬게 해주는 거인 어머니로 곁에 남아계신다.

전화벨 사랑

"따르릉~~ 아범이구나. 어제는 아파트 친구와 남부시장에 갔는데 유채나물이 나왔더구나. 유채나물을 사서 무쳤는데 향도 좋고 제법 그럴 듯하다. 간도 안 보고 했는데 맛이나 있을지 모르겠다. 시장에도 딱 한 곳에만 나오는 곳이 있는데 마침 나왔길래 내가 얼른 사왔지." 그 후에도 어머니의 말씀은 한참 이어졌다. "아이구, 내 정신 좀 봐. 아범 바쁠텐데 그만 끊자."

이른 봄인데 딱 한 곳에 나와있던 유채나물을 다른 사람이 사가기 전에 얼른 사서 무쳐놨으니 주말에 가족과 같이 와서 봄내음 가득한 나물을 맛있게 먹어보란 말씀이다.

어머니와 매일 전화 통화를 하기 시작한 것은 2005년부터이다. 아버님이 돌아가시고 몇 해 지나지 않아서 강릉으로 발령이 나면서 시작된 어머니와의 전화 통화는 지금까지도 문안 인사처럼 이어지고 있다.

어머니에게 매일 전화를 하기로 마음먹었으면서도 어머니와 통화를 한다는 것이 어찌 그리도 주저되고 할 말이 없던지, 지금 생각해도 첫 통화의 대화 내용이 기억에 남아 있는 것을 보면 당시 무척 멋쩍고 어색했었던가 보다. "어머니세요, 저 큰애인데요, 식사하셨죠? 건강 잘 챙기세요. 딸깍." 딱 두 마디를 하고 끊었다.

하루 이틀 시간이 지나면서 어머니와의 통화 시간은 점점 길어졌다. 오랜만에 통화를 하면 할 말이 많을 것 같지만, 실은 통화를 자주 할수록 할 말이 많아진다는 사실도 그때 알았다. 요즘 날씨가 풀려서 봄이 성큼 다가왔다느니, 시장에는 무슨 나물이 나왔다느니, 누구네 집에 무슨 일이 있다느니, 옆집에 이사 온 총각이 인사성이 밝다느니….

어머니와의 통화를 통해 매일의 일상이 일기처럼 써지고 있는 것이다. 가끔은 어머니가 나와의 이야깃거리를 만들기 위해 좀 더 바삐 움직이고 있으신 것은 아닌가 하는 생각이 들 정도로 어머니의 대화 소재는 무궁무진하다.

어머니의 통화 목소리가 커지는 때도 종종 있다. 한때는 어머니의 청각에 이상이 있는지 걱정이 되기도 하였다. 나중에 안 사실이지만 어머니의 통화 목소리가 높아진 때는 틀림없이 누군가와 같이 있는 때이다. 아들이 전화를 매일 해준다는 사실을 같이 있는 사람에게 자랑하고 싶어서 소리가 높아진다는 사실을 알게 된 것이다. 그때만큼은 아무리 바빠도 어머니가 끊자고 하실 때까지 전화기를 들고 어머니의 웅변 같은 목소리에 맞장구를 치며 나도 목소리를 높이곤 한다.

어머니가 외출을 하시면서 꼭 챙기는 것이 있다. 바로 휴대폰이다. 한번은 어머니에게 전화를 드렸는데 신호만 가고 연락이 되지 않아서 부랴부랴 집으로 가보았으나 문이 잠겨있어 오랜 시간을 문 앞에서 기다린 적이 있었다. 그 후로 어머니는 자식 걱정시키면 안 된다며 문 앞 구멍가게에 가실 때에도 휴대폰은 꼭 가지고 다니신다고 했다. 어머니와 매일 전화를 하기 시작하면서 휴대폰은 어머니와 나를 이어주는 사랑의 끈과 같은 존재가 된 것이다.

요즘은 가족이 집에 같이 있으면서도 서로 톡으로 연락을 한다고 하니 부모 자식 간의 의사소통도 세태에 따라 참 많이도 변한 것을 실감할 수 있다. 아이들은 대화나 전화보다는 톡이나 문자를 통해서 대화를 나누는 것이 더 편하고 익숙하여 좋다고 하니 자식들과 가까워지기 위해서는 어쩔 수 없다는 생각도 든다.

나만 해도 '행복한 우리집'이란 가족 톡방이 있어서 아내와 아이들과의 약속이나 연락도 이 톡방을 통해 하고 있으니 나름 현실에 적응하기 위해 무던히도 애를 쓰고 있는 것이다.

문명의 이기가 나쁜 것만은 아닌 것 같다. 좋은 경치나 좋은 글귀, 멋진 사진이 있으면 즉시 톡방에 올려 가족들과 공유하며 잠시 즐거움을 나누기도 하고, 말로 하기 쑥스러운 표현도 톡방에서는 용기를 내어 올려볼 수 있고, 서로 귀가 시간대가 다른 가족의 모임 시간이나 장소를 협의하여 정하기도 톡방만큼 좋은 공간이 없으니 이제 톡방은 우리 가족을 이어주는 행복지킴이의 역할을 톡톡히 하고 있는 것이다.

한때 톡방이 해체될 뻔한 위기도 있었다. 가족 간에 의견 대립이 있거나 다투는 경우가 다반사이긴 하지만, 서로에게 상처를 주는 말로 인해 아들과 아내가 톡방을 나간 적이 있었다. 톡방의 구성원이 네 명이어야 완전체가 되는데 두 명만이 남아 있는 톡방은 지붕이 없는 집처럼 방의 역할을 할 수 없는 상태가 되었다. 즉시 다시 초대를 하였으나 둘 다 들어올 기미가 없었다. 둘째와 모의를 해서 가족모임을 하기로 하고 일방적으로 톡방에 시간과 장소를 올려보았다. 일방적이라고 하였지만 톡방에는 상대방이 확인을 하였는지를 알 수 있는 놀라운 기능이 있어 결코 일방적이지 않다. 둘 다 시간과 장소를 확인한 사실을 알고 모임 장소에 가보니 둘 다 정시에 나타나서 우리 가족은 다시 합체가 되었다.

그날 우리는 어떠한 일이 있어도 다시는 톡방에서 나가지 않기로 맹세하는 톡방 결의까지 하였다. 지금 큰애는 현장 학습을 가고, 둘째는 군대에 가서 만나지 못하지만, 톡방에서는 여전히 가족의 일원으로 한쪽 구석을 지키며 행복한 우리 집에 함께하고 있다.

어머니는 톡방에 함께하지 않으신다. 어머니와 대화를 나누기 위해서는 전화를 하거나 찾아뵙는 외에 다른 방법이 없다. 그래서 어머니에게 스마트폰을 사드리고 용법을 알려 드릴까 하는 고민을 한 적도 있었다. 그러나 그러지 않기로 했다.

아이들과의 소통 방식을 따라가 주고 있듯이 어머니와의 소통 방식도 존중해 드리기로 했다. 어머니는 멋진 풍경이나 좋은 글귀보다 자식의 목소리가 듣고 싶고, 자식의 모습을 보고 싶어 하신다.

오늘도 어머니는 세상 돌아가는 좋은 소식을 가장 먼저 생생하게 전해주기 위해 여기저기 바쁘게 다니고 계실 것이다. “따르릉~~ 아범이냐.” 전화기 속 어머니의 힘찬 목소리를 들으며 행복한 하루를 시작한다.

내가 뛰놀던 중학교

까까머리 학생들이 버스를 밀며 언덕을 오르고 있었다. 전날 온 비로 흙길은 몹시 미끄러웠다. 간신히 언덕 위에 오르자 학생들은 다시 버스에 올랐다. 여기저기 튄 흙탕물로 교복 바지와 신발은 엉망이었다. 내가 다닌 중학교는 집과 정반대편에 있어서 스쿨버스를 이용해야만 했고, 위치도 외진 분지에 있다 보니 포장도 안 된 언덕길을 넘어가야만 했다. 비나 눈이라도 오는 날이면 학생들의 등굣길은 고난의 행군처럼 힘들었다.

어머니는 자식 욕심이 과하여 1학년 때부터 3학년 학생들과 같은 시간대에 등교를 시키고 야간자율학습에 휴일 자율학습까지 받게 하였다. 버스라도 제대로 운행이 되었으면 좋으련만 학교 재정이 열악하여 오래되고 낡은 버스는 자주 고장이 나곤 했다. 그럴 때면 운행하던 버스가 줄어들어 버스가 집 앞까지 오지 않고 팔달로 한 코스만 운행을 하였다. 버스를 타기 위해서는 5

리가 족히 넘는 먼 거리를 걸어가야만 했다. 어머니는 첫차를 태워 보내기 위해 꼭두새벽부터 나를 깨워 밥 한술을 강제로 먹이고 가방을 대신 들고 나의 손을 잡고 버스 타는 곳까지 달리셨다. 간신히 나를 버스에 올려 보내고 숨을 몰아쉬며 이마의 땀을 훔치시던 어머니의 모습은 아직도 애잔한 잔상으로 남아있다.

우리 학교에는 다른 학교에 없는 특이한 제도가 있었다. 매월 시험을 봐서 평균 85점 이상인 학생에게 우등 배지를 주었는데 다음 달에 성적이 떨어지면 반환해야 했다. 어린 나이였지만 조금은 잔인하다는 생각이 들었다. 학교가 공부를 잘 시킨다고 소문이 나있던 터라 학부모들도 별반 이의를 제기하지 않고 학교 방침에 따랐던 것 같다. 당시만 하여도 명문고에 몇 명을 합격시키느냐로 학교의 서열이 정해지던 시대였기 때문이다. 이른 새벽 나를 깨우시던 어머니의 한결같은 고음과 하루도 빠짐없이 늦은 시간 버스 정류장에서 야간 자율학습을 마치고 돌아오는 자식을 기다리시던 어머니의 지친 모습은 내가 우등 배지를 꼭 받아야 하는 이유이기도 했다. 깨끗이 세탁하여 반듯이 다린 교복에 배지를 달던 어머니의 모습은 무척 행복해 보였다.

아직 어린 중학생 철부지였지만 그래도 남자였나 보다. 한번은 어머니가 수돗가에서 교복을 빨다가 통곡을 하는 것이었다.

긴장하여 방에서 들어보니 나의 교복 상의에서 가수 '혜은이'의 사진이 나왔던 것이다. 어머니는 자식을 잘못 키웠다고 하면서 공부 잘하라고 애지중지 키웠더니 연예인 사진이나 가지고 다닌다면서 당장이라도 뭔 일이 생겨 잘못된 길로 빠질 것처럼 화를 냈다. 어머니의 노기는 상당히 오랫동안 계속되었던 걸로 기억한다. 그 후론 좋아하는 연예인 사진을 구하기라도 하면 들키지 않기 위해 조심했다. 요즘도 그때의 이야기를 하며 어머니의 약이라도 올리려고 하면 그때 왜 그리 극성이었는지 모르겠다면서 겸연쩍은 표정을 하시곤 한다.

우리 동네에는 다니는 학교는 달랐지만 동급생이 네 명이나 있었다. 그 때문에 그 친구들이나 나나 시험 기간이 되면 심적으로 많이 힘들었다. 중간고사나 기말고사가 끝나면 어머니들은 어느 집 자식의 성적이 더 나은지에 대한 결과로 무척 예민해지셨다. 그래도 오랫동안 함께 사셨던 인연으로 그 시기가 지나면 다시 친한 이웃이자 따뜻한 부모의 마음으로 모든 자식이 다 잘되기를 바라며 사이좋게 지내셨다. 지금은 뿔뿔이 헤어져 어디서 어떻게 지내는지 궁금도 하지만 오히려 서로를 비교하지 않고 그리워하며 지내는 게 다행인지도 모르겠다.

중학교 3학년이 되면서 고교 평준화가 되었다. 그때부터 공부로부터 조금 해방이 되었던 것 같다. 어머니는 간절히 소망했던 명문고를 보내지 못하게 되었다는 허탈함과 서운함이 무척 크셨는지 공부에 대해 더 이상 다그치지 않았다. 덕분에 중3이라는 힘든 과정을 크게 고생하지 않고 쫓기지 않으면서 친구들과 즐겁고 재미있게 보냈다.

하늘이 도왔는지 어머니의 간절함이 통했는지 추첨이었지만 결국 어머니가 그리도 원하던 고등학교에 진학했다. 학교 배정을 받자마자 즉시 교복을 맞춰 입히고 고향집이며 친척집이며 부모님이 아는 집이란 집은 다 데리고 다니며 고등학교 입학 자랑을 하셨던 기억은 지금도 선명하다. 노력해서 얻은 결과는 아니었지만 그때 처음으로 고생하시는 부모님에게 뭔가 해드린 것 같은 뿌듯함을 느꼈다. 아직 입학도 하지 않은 학교의 교복을 차려입고 교모를 쓰고 부모님이 가자고 하는 곳은 마다하지 않고 열심히 따라 다니려고 노력했다.

내가 근무하는 사무실 창문을 통해 내가 다녔던 중학교가 보인다. 밭을 지나 30여 미터도 안 되는 지척의 거리에 중학교가 위치해 있다. 강당과 부속 건물이 새로 들어섰고, 언덕길이 포장이 되어있는 것 말고는 오랜 세월이 무심하게 옛 교정의 모습을 대부분 간직하고 있다. 야간 학습 쉬는 시간에 별을 보러 올랐던 학교 뒤 언덕도 그대로이고, 운동장 옆으로 언덕 봉우리에 있던 충혼탑도 옛 모습 그대로이다. 날씨가 좋아 창문이라도 열어놓으면 운동장에서 뛰어놀며 와자지껄 떠드는 소리와 생기발랄한 웃음소리가 나의 학창시절이나 지금이나 똑같다. 세월이 흘러 반백의 중년이 된 나만 변한 것 같다.

몇 달 후면 직장 사무실이 다른 곳으로 이사를 한다. 20년이 넘게 모교를 바라보며 근무를 할 수 있었던 것은 내게 큰 행운이었다. 이른 출근길에 모교를 돌아 거닐며 등교하는 후배들을 보던 재미, 점심을 마치고 모교 교정에 가서 후배들이 뛰노는 모습을 보던 즐거움, 수업의 시작과 끝을 알리는 종소리를 들으며 아련한 추억에 빠졌던 순간들, 사계절 변화하는 교정의 모습을 사진처럼 한 컷 한 컷 찍어 가슴에 담을 수 있었던 기회들은 오랫동안 소중한 추억으로 남아있을 것이다. 지금도 운동장 어디선가 뛰놀고 있는 내가 그립다.

집 안 여기저기에 보따리들이 널려 있다. 하나도 빠뜨리지 않겠다는 듯 결연한 모습으로 이삿짐 목록을 든 아내가 땀을 뻘뻘 흘리며 짐을 싸고 있다. 아이들도 엄마를 도와 짐 정리에 정신이 없다. 나는 다른 세상의 사람처럼 책상에 앉아 노트북을 켜고 출판사에 보낼 에필로그를 쓰고 있다. 예전 같으면 나도 저 속에 있어야 하는데 꿈도 꾸지 못할 일이 눈앞에 펼쳐지고 있는 것이다. 출판사와 출간계약서를 작성한 이후부턴 아내의 배려(?)로 모든 가사에서 열외가 되었다. 뭘 하다가도 노트북만 열면 가족들은 나의 집필(?)에 방해가 되지 않도록 최대한 신경을 써주곤 한다. 이런 특별 대접도 출간이 되고 나면 신기루처럼 사라질 거라는 사실을 잘 알고 있지만 이 순간만큼은 그런 걱정을 버리고 작가로서의 일상을 마음껏 즐기고 싶다.

누구나 설레는 인생을 살고 싶어 한다. 그러나 인생을 설레게 할 수 있는 사람은 그 누구도 아닌 나 자신이다. 자신이 어떻게 살아가느냐에 따라 설레는 인생이 될 수도 있고, 그렇지 못한 인생이 될 수도 있다.

50부터의 삶은 새로운 것을 시작하는 데 주저하지 않았고, 새로운 길을 선택하려고 했으며, 새로운 사람들과 소통하며 그들의 삶을 배우려 노력했다. 기타를 배워 공연을 다니고, 글쓰기를 시작하여 투고를 하고, 고난의 길인 산티아고 순례길을 걸었다.

책이 출간될 즈음이면 제주의 오름이 보이는 카페에서 글을 쓰고 있거나, 제주의 푸른 바다를 배경으로 버스킹을 하고 있을 것이다. 막연하게 꿈꾸고 있던 제주에서 살아보기를 현실로 바꾸기 위한 새로운 선택을 시작하였다. 벌써 설레고 기대된다.

이 책이 나오기까지 많은 분들의 따뜻한 도움이 있었습니다. 글쓰기를 시작할 수 있도록 지도해 주신 한경선 교수님, 글쓰기 멘토 유길문 친구, 나의 글을 세상과 연결해 준 멋진 브런치, 한 편 두 편 글을 올릴 때마다 구독과 라이킷을 달아주며 용기를 준 독자 분들께 고마운 마음 입니다. 또한 많이 부족한 글을 선뜻 출간해주신 도서출판 행복에너지 권선복 대표님과 처음부터 끝까지 꼼꼼히 교정 교열을 봐주신 오동희 작가님, 마음에 쏙 드는 예쁜 책을 만들어 주신 김소영 디자이너님에게도 감사 말씀을 드립니다. 끝으로 이렇게 성장할 수 있도록 삶을 가르쳐주신 어머니와 이 책의 처음과 끝을 함께해 준 가족들에게 사랑한다는 말을 전합니다.

모악산이 보이는 자인당에서

송재영

출간후기

보석처럼 반짝이는 일상의 축복!

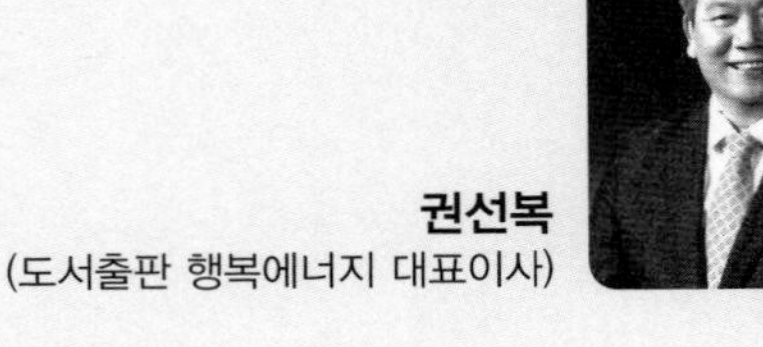

권선복
(도서출판 행복에너지 대표이사)

인생의 아름다움은 여러 가지로 표현할 수 있습니다. '별처럼, 꽃처럼 아름답다'는 상용구는 흔히 쓰이는 말입니다. 아이러니하게도 그러한 흔한 말들처럼 흔한 일상 속에 보물이 숨어 있습니다. 어마어마한 돈을 벌거나 하늘을 찌를 듯한 명예로 인한 것이 아닌, 하루하루 살아가며 느끼는 소소한 행복들. 현인들은 그러한 일상 속의 가치를 중요하게 여기라고 말합니다.

이 책 역시 특별히 과장된 행복을 말하고 있지 않습니다. 저자가 설레는 부분은 아주 사소합니다. 본인의 집을 만들 때, 통기타 배우는 것을 시작할 때, 느지막이 대학을 다시 다닐 때, 그리고 이렇게 글을 쓸 때….

삶의 모든 순간을 소중히 여기는 듯한 작가의 필체가 가슴을

울립니다. 이처럼 소박한 삶 속에서도 얼마든지 축복을 느낄 수 있다는 것에 공감을 합니다. 그야말로 소확행이 이런 것이라고 생각합니다.

이 책을 읽으며 저 또한 그런 '감사한 마음'을 갖지 못하고 현재의 시간을 보내고 있지는 않은가 되돌아보게 되었습니다. 당연하게 여기는 일상이 사실 아름다운 보석과 같다는 것을 깨닫지 못하고 있지는 않은가 생각되었습니다.

그런 점에서 작가가 별다를 것 없는 일상의 이야기를 하는 것이 어쩐지 큰 위로가 됩니다. '그래, 지금 이 순간은 그 자체로 즐겁고 너무나 아름다운 것이야.' 그런 말을 하고 싶어집니다. 작가가 서술하는 삶에 대한 단상은 우리에게 그런 생각할 거리를 던져 줍니다.

아무쪼록 이 책을 통해 독자들이 자신의 행복에 한 걸음 더 다가갈 수 있게 되기를 바랍니다. 자신을 둘러싼 환경을 새로운 시각으로 탐구해 보는 시간을 가질 수 있게 되기를 바랍니다. 그래서 몸속 마음속 건강한 행복에너지가 팡팡팡! 터져서 활기찬 인생을 살아갈 수 있게 되기를 소망합니다!

아름다운 초가을의 날에 이 책을 세상에 내놓습니다!

항상 감사하고 행복하십시오! 여러분이 주인공입니다.

행복에너지(개정판)

권선복 지음 | 값 20,000원

이 책 『행복에너지 – 하루 5분 나를 바꾸는 긍정훈련』은 2014년 첫 출간되어 출간 보름 만에 인터파크 종합 베스트셀러 1위, 교보문고 자기계발 부문 베스트셀러 3위에 오른 권선복 도서출판 행복에너지 대표의 저서를 2020년에 맞추어 새롭게 출간한 책이다. "긍정도 훈련이다"라는 발상의 전환을 통해 삶을 행복으로 이끄는 노하우, '하루 5분 긍정훈련'을 제시하며 이를 기반으로 실생활에서 경험한 구체적인 긍정의 성공 사례를 펼쳐 나간다.

대왕고래의 죽음과 꿈 가진 제돌이

김두전 지음 | 값 20,000원

저자는 제주에서 태어나 거의 전 생애를 살아왔으며, 자신이 태어난 땅과 자연, 사람들에게 깊은 애착을 가지고 이 소설을 구상했다. 제주 김녕마을에 전해져 오는 대왕고래 전설과 인간에게 불법포획되어 수족관에 갇혀 살다가 4년 만에 자유를 찾은 돌고래 제돌이의 실화가 어우러진 이야기 속에서 제주의 고유한 전승과 문화, 자연과 사람들이 살아 숨 쉰다. 160여 년을 넘나드는 제주의 생명력이 독자들의 마음에도 웅대한 감동을 남길 것이다.

그림으로 생각하는 인생 디자인

김현곤 지음 | 값 13,000원

이 책은 급격한 사회변화 속 어려움에 놓인 모든 세대들에게 현재 국회미래연구원장으로 활동 중인 미래전략 전문가, 김현곤 박사가 제시하는 손바닥 안의 미래 전략 가이드북이다. 같은 분야의 다른 책들과 다르게 간단하고 명쾌한 그림과 짤막한 문장만으로 이루어진 것이 특징이며 독자들은 단순해 보이는 내용을 통해 미래에 대한 불안과 혼란에서 벗어나는 것뿐만 아니라 행복한 미래를 설계하는 통찰을 얻을 수 있을 것이다.